红楼食话

主编 王珊珊

全国百佳图书出版单位
中国中医药出版社
·北 京·

图书在版编目（CIP）数据

红楼食话 / 王珊珊主编 . — 北京：中国中医药
出版社，2022.12
ISBN 978-7-5132-4604-0

Ⅰ . ①红… Ⅱ . ①王… Ⅲ . ①《红楼梦》研究 ②饮食
—文化—中国 Ⅳ . ① I207.411 ② TS971.2

中国版本图书馆 CIP 数据核字（2022）第 213391 号

中国中医药出版社出版
北京经济技术开发区科创十三街 31 号院二区 8 号楼
邮政编码 100176
传真 010-64405721
河北品睿印刷有限公司印刷
各地新华书店经销

开本 710×1000 1/16 印张 9.75 字数 135 千字
2022 年 12 月第 1 版 2022 年 12 月第 1 次印刷
书号 ISBN 978-7-5132-4604-0

定价 59.00 元
网址 www.cptcm.com

服 务 热 线 010-64405510
购 书 热 线 010-89535836
维 权 打 假 010-64405753

微信服务号 zgzyycbs
微商城网址 https：//kdt.im/LIdUGr
官方微博 http：//e.weibo.com/cptcm
天猫旗舰店网址 https：//zgzyycbs.tmall.com

前　言

　　食养食疗是中国饮食文化中独特的组成部分，历史悠久，源远流长，已经融入了中国百姓的日常生活中。在专业定义上，食疗是指在中医药理论的指导下，利用食材本身的特性来调理人体脏腑阴阳气血生理功能，使人体获得健康或愈疾防病的一种方法。饮食文化是中国文化中璀璨亮丽的一部分，而食疗尤以其营养保健功能深得大众接受与喜爱。

　　按照中医药理论，食物中有大量的平性食物，也有一定的偏性食物。在利用食物调理身体的时候，应当遵循"辨证施膳"的原则。具体来说，人们的体质、病证具有个体差异，体质有平和质、气虚质、痰湿质等九种类型，病证有虚实寒热之分，因而无论是使用食物调理体质还是进行疾病康复，都需要以辨体质、辨病证为前提。在具体应用的时候，需遵循"寒者热之""热者寒之""虚则补之""实则泻之"的原则，以免造成相反效果，影响身体健康。

　　食物的性味归经理论指导着食疗中的"辨证施膳"要求。四性即寒、热、温、凉，五味是酸、苦、甘、辛、咸，归经是指食物作用部位的归属，是药效发挥作用的部位所在。当我们称某药物或食物有"寒凉性"时，是因为它通常具有滋阴、清热、泻火、解毒等作用，能够保护人体的阴液，减轻或消除热性病证。如性属凉的鸭子肉，可以清虚热、滋阴血。当某药物或食物具有"温热性"时，大多具有助阳、温里、散寒的作用，能扶助人的阳气，减轻或消除寒性病证。如羊肉性热，能补肾壮阳、益气温中。《素问·脏气法时论》中写道："辛散，酸收，甘缓，苦坚，咸软。"五味可以在一定程度上概括食物的效用，指导日常饮食。此外，五味入五脏，酸、苦、甘、辛、咸分别对应肝、心、脾、肺、肾。我们在选择食物的时候，也可据此选出适合自己的膳食进行食疗。那么，食物具体作用的脏腑怎么确定呢？此时就要看食物的归经了。比如寒性食物，虽都有清热作用，但有的偏于清肺热，有的偏于清心火，因此适宜用哪道膳食还需结合其归经来考量。

除了要了解食物的基本特点，膳食的选用还需顺应时令，这与中医基础理论中的"天人合一"观念是相符的。中医学认为人与天地相应，人与自然界密切相关。如长夏阳热下降，水汽上腾，湿气充盈上升，因此人体在此季节容易感受湿邪。此时饮食需注重健脾祛湿，可以食用绿豆薏米粥、冬瓜粥等。民间素来也有"冬吃萝卜夏吃姜"的说法，乍一听好像不太符合自然规律，可能会疑惑夏季食用温性的生姜难道不会加重热象吗？但实际上，冬吃萝卜可以消除人们过多食用补品、火锅等热性食物所造成的滋腻胀满，夏吃姜则可以解决在夏季过食生冷导致的脾胃虚冷，这些都是老百姓在日常生活中总结出来的经验。可见，"因时施膳"需考虑到四时气候变化对人体生理、病理所产生的影响，同时也不能忽视人为因素导致的一些不符合自然气候变化的现象，真正做到"辨证施膳"，因人制宜。

中医食疗是中国人民经过数千年探索、积累而形成的，

在古时寻常百姓的生活中便可以窥见它的身影。在钟鸣鼎食的权贵之家，食养食疗作为一种日常养生方式，更是已经融入了点点滴滴的生活中。《红楼梦》以其庞大精细的内容，享有"中国封建社会的百科全书"这一盛誉，它对生活方方面面的描写之细致，给后世留下了极其珍贵的学习资料，其中对饮食的描写更是生动全面地展现出了一幅十七世纪中国明清时期统治阶层的饮食画卷。《红楼梦》中所描述的贾府对饮食十分讲究，不但讲求食物的色、香、味，还对所选用食材的功效相当重视。贾府根据主人各自身体情况准备不同的餐食，足见其深谙饮食养疗之道。《红楼梦》中的饮食数量达一百八十多种，其品类之丰富也令人叹为观止，有粥饭、面食、菜肴、小食、饮品、果品等。其中，最常见的粥就有六种，有冰糖燕窝粥、奶子糖粳米粥、枣儿熬的粳米粥、红稻米粥、碧粳粥、江米粥。而粥又有常粥、药用粥、时令粥之分。汤也有近二十种，这其中有药用汤剂，如独参汤、益气养荣补脾和肝汤；也有味咸的膳食汤水，如野鸡崽子汤、火腿鲜笋汤；还有味甜的食养汤水，如建莲红枣汤、桂圆汤。尽管其中有些仅是家常汤水，看似平淡，却蕴含着养生理念，将美味与营养真正融合在一起。本书从《红楼梦》众多美食中挑选出最为经典的，同时在生活中又较为常见易得的二十六道膳食，分为菜肴、点心、汤、粥、饮品几大类别，结合故事背景、膳食功效，在红楼·梦起、红楼·梦中、红楼·梦宴、红楼·匠心几个板块中，分享赏析膳食在《红楼梦》情节发展及人物生活中的作用，体现中医食养食疗的特色与价值。需要说明的是，《红楼梦》版本众多，且各版本在内容上略有差异，本书中对于原文的引用大多来自人民文学出版社一版。但为了更好地诠释所选膳食的养生功效，本书部分引文引用了其他版本，望读者悉知。愿与读者朋友们一起探索迷人的中医特色膳食，共赏红楼人物百态，窥悟世间情理。

王珊珊

2022 年夏

于北京植物园曹雪芹故居

目 录

壹　红楼菜肴多滋补

《红楼梦》直接提及的菜肴有四十余种，根据其用料和形式可分为禽类、肉乳类、水产类、素菜类等多种。有人笑称，不妨将这些琳琅满目的菜品编排成一场贯口相声——红楼报菜名。

作为钟鸣鼎食之家贾府的食品，红楼菜肴有一定的条件和特色。高至喜庆寿宴、四时节令游宴，低到府中的日常三餐，无不体现官府人家的烹饪风味。曹雪芹不仅描绘了完整的红楼饮食文化体系，也让后世读者得以窥见中华膳食的魅力。

在众多色香味俱全的菜肴中，有做法极为考究且营养丰富的代表，如牛乳蒸羊羔、茄鲞等，也有精致爽口又兼具食疗功效的酒酿清蒸鸭、胭脂鹅脯和油盐炒枸杞芽儿等。一道菜背后是一段或浓烈或平淡的故事，让人流连其中，回顾昔日荣华，领略择膳养生之道。

茄 鲞

红楼｜梦起

第四十一回　栊翠庵茶品梅花雪 怡红院劫遇母蝗虫

（刘姥姥参观大观园。）贾母笑道："你把茄鲞搛些喂他。"凤姐儿听说，依言搛些茄鲞送入刘姥姥口中……刘姥姥诧异道："真是茄子？我白吃了半日。姑奶奶再喂我些，这一口细嚼嚼。"凤姐儿果又搛了些放入口内。

刘姥姥细嚼了半日，笑道："虽有一点茄子香，只是还不像是茄子。告诉我是个什么法子弄的，我也弄着吃去。"凤姐儿笑道："这也不难。你把才下来的茄子把皮劀了，只要净肉，切成碎钉子，用鸡油炸了，再用鸡脯子肉并香菌、新笋、蘑菇、五香腐干、各色干果子，俱切成钉子，用鸡汤煨了，将香油一收，外加糟油一拌，盛在瓷罐子里封严，要吃时拿出来，用炒的鸡瓜一拌就是。"刘姥姥听了，摇头吐舌说道："我的佛祖！倒得十来只鸡来配他，怪道这个味儿！"

红楼｜梦中

"你可真是'刘姥姥进大观园——少见多怪'"是生活中一句耳熟能详的歇后语，用于形容有些人就像刘姥姥一样没有见过世面，听起来也不免有些讽刺意味。

刘姥姥本是一位乡下婆婆，日子就快过不下去了，于是受自己的女婿之托来到贾府寻求帮助，从凤姐那里讨得了二十两银子，也是由此日子才算是逐渐好转了。刘姥姥的第二次出场便是这游览大观园的情景了。初进大观园，看着其中富丽堂皇的景象——所用之物或金银所铸，或精雕细琢——她总是会说出一些让人啼笑皆非的感叹，大观园中众人也视她为戏谑的对象。

本道膳食是刘姥姥二进大观园时，贾府用来款待她的菜品。茄子本是寻常人家的一道家常菜，但贾府中的"茄鲞"制作工序却极为复杂，配料更是丰富，用刘姥姥的话来说"倒得十来只鸡来配他"，如此一来，化简为繁，不免多了一丝讽刺在其中。

曹雪芹先生仅用一道菜的描述，便将刘姥姥身上的质朴幽默展现得淋漓尽致，同时体现出了贾府当时的穷极奢华，两者相融，一副栩栩如生的有趣画面便呈现在我们眼前。

红楼|梦宴

在《红楼梦》原文中，王熙凤详细地介绍了这道"茄鲞"的做法，配料繁多，制作工艺颇为复杂。但万变不离其宗，唯一的主角还是茄子。那茄子到底是何种宝贝，值得"十来只鸡来配"呢？

《滇南本草》中对茄子有记载：

"味甘，性寒。阴也。主发风积，动寒痰。"

如上所说，茄子性味甘寒，针对风邪引起的诸症具有一定的功效。此外，茄子归脾、胃、大肠经，具有清热、活血、消肿等功效，可用于治疗肠风下血^①、热毒疮痈、皮肤溃疡、燥热咳嗽等。

茄子多见于夏日饮食，可清热解暑，尤适合易长痱子、生疮疖之人。现代医学证实，茄子中同时富含维生素P、芦丁和维生素E，一方面有助于增加血管弹性、强化血管功能，另一方面可保持血液中的胆固醇水平正常。由此可见，茄子虽然是生活中的常见之物，但对于我们的身体却颇有补益作用。需要注意的是，由于茄子性偏寒凉，食用时应适量，如《食疗本草》所言"不可多食，动气，亦发疮疾。熟者少食之，无畏。患冷人不可食，发疮疾"。

再看本道菜肴的辅臣——鸡肉。《神农本草经》中对于鸡肉是这样描述的：

"丹雄鸡：味甘，微温。主女人崩中漏下，赤白沃，补虚温中，止血……杀毒……"

鸡肉味甘性温，主要功效为温中益气、补肾填精。由《本草纲目》中的记载可知鸡肉归于脾、胃经，对应可用于协助治疗气血虚损所导致的劳伤羸瘦，头晕心悸；脾胃虚弱所导致的食少反胃，腹泻，水肿；肾虚所导致的小便频数，遗精，耳聋耳鸣，月经不调；正气虚弱所导致的疮口不合等。鸡肉无论是直接烹饪食用还是熬制鸡汤，对我们的身体都具有较好的滋补作用。同时由于其蛋白质含量较高，有强身健体的功效，是老人和心脑血管病患者可以选择的优质蛋白质补充品。然而，鸡肉虽为好物，却也不是人人皆适合，体内有实证^②、热证^③的患者不宜多食。

---

① 肠风下血：指血热妄行，外感热邪进入血中，累及肠胃，多表现为腹痛难耐，且有大量的尿血、便血等症状。

② 实证：指人体由于外邪侵袭，或体内痰火、瘀血、虫积、食积、水湿等阻滞所引起的实性证候。实证要与虚证相对来看。

③ 热证：指由于热邪侵袭或体内阳盛阴虚，表现为人体功能活动亢进的证候。

以上两种我们再熟悉不过的食物相配，看似平凡，却内涵深刻，经过精心的烹饪，美味与营养便满溢而出。我们的生活亦是如此，平淡却不乏味，不经意间总能产生不一样的火花。

红楼｜匠心

食材准备：

主料：茄子 500 克，鸡肉 100 克。

配料：红绿青椒 16 克，桃仁、杏仁、腰果、榛仁、松仁、花生仁、板栗（去壳去皮）各 5 克，莲子 5 克，豆腐干 5 克，鲜蘑 5 克，干香菇 5 克，鸡蛋 1 个。

调料：花生油、糟酒、鸡油、酱油、盐、糖、醋、黄酒、水淀粉、葱、姜等适量。

制作步骤：

用刀将鸡胸肉切成两片，之后用刀背在鸡胸肉上下两面捶打，直至将鸡肉内的筋打断、肉打散。随后改刀切成小丁，加入小半勺盐、半勺黄酒拌匀，再打入半个鸡蛋白、2 小勺淀粉，抓拌均匀，腌制约 15 分钟后，用保鲜膜罩住备用。干香菇泡发，茄子、鲜蘑、豆腐干、红绿青椒均切块备用；干果类油炸酥脆备用。

将锅内放入鸡油烧热，放入茄子，油炸至金黄色捞出。滤去锅中油，只留少许油底，放入葱、姜，煸出香味后，再次放入茄丁，加糟酒、酱油、盐、糖、醋和适量清水，中小火煨至入味，用少许水淀粉勾芡后，盛出备用。

另起一锅，倒入花生油烧至五成热，放入切好的鸡丁、鲜蘑、香菇、豆腐干、红绿青椒，和干果一起煸炒。待鸡肉熟透，捞出备用。滤去锅中油，留少许油底，放入葱、姜煸出香味，将所有炒好备用食材放入锅中。简单翻炒后，用适量的盐、糟酒、糖、水淀粉、白水调兑成汁，倒入锅中，使各种食材均匀裹上汁，关火出锅即可食用。

小贴士

● 《红楼梦》原文中也有茄鲞的制作方法，其属于腌制的陈菜，经过与厨师的交流，书中描写的制作方法并不符合正常菜肴的制作流程，所以此处进行了简化改良。

● 一勺的用量约为 5 克，制作时配料用量可以根据个人口味调节。

● 建议使用花生油，制作出的味道会更加鲜美，也可以根据实际情况更换其他种类油。

牛乳蒸羊羔

红楼｜梦起

第四十九回 琉璃世界白雪红梅 脂粉香娃割腥啖膻

（雪后早晨众人去贾母房中共进早饭。）一时众姊妹来齐，宝玉只嚷饿了，连连催饭。好容易等摆上饭来，头一样菜便是牛乳蒸羊羔。贾母便说："这是我们有年纪的人的菜，没见天日的东西，可惜你们小孩子们吃不得。今儿另外有新鲜鹿肉，你们等着吃。"众人答应了。

红楼｜梦中

贾母乃府中最为位高权重之人，颇具话语权。清人王希廉曾以"福、寿、才、德"四字总括她的一生。贾母身世显赫，生在世勋史侯家，后来又嫁给了"贾不假，白玉为堂金作马"的荣国公之子贾代善为妻，钟鸣鼎食，且儿孙满堂，福上加福。无论是潇湘馆的霞影纱、元宵宴的璎珞展，还是自我鉴赏的《艳雪图》，都展示着贾母独到的品味。

常言道，药补不如食补。在吃饭喝茶这些事情上，贾母也自是有一套养生经：她平日里比较注重三餐的荤素搭配，饮食的选择与调节，用柳嫂子的话来说，可谓："大厨房里预备老太太的饭，把天下所有的菜蔬用水牌写了，天天转着吃，吃到一个月现算倒好。"贾母每餐只吃个七八分饱，饮食有度，从不暴饮暴食，即便是书中提到她"爱吃甜烂之食"却也是从不贪多。此外，贾母所食之物大多精致、易消化，并且营养搭配合理，值得今人借鉴学习。

这道菜所在的情节是一个大雪之后的早晨。只见"白雪红梅"，宝玉和众姊妹来到了贾母的房中，和贾母一起共进早餐。上来的第一道菜，便是这道"牛乳蒸羊羔"。中医学认为，人的饮食要根据自身的年龄、健康状态等因素，选择相适宜的食物合理搭配。正如《素问·三部九候论》中，古人治病养生的中和思维"实则泻之，虚则补之"，我们日常的饮食亦要符合"辨证""以平为期"的进食原则。随着年纪的增大，阳气渐衰，体质渐差，若再如文中正值冬季雪后，天气寒冷，贾母这般年迈体弱的老年人便腿脚怕冷、容易生病，正需要进食这些增补血气之品。

红楼 | 梦宴

俗话说："立冬吃羊肉，一冬暖洋洋。"羊肉是一种常见肉类，甚至在我国传统中是冬日里必不可少的一样肉类，其性温热味甘，归胃、脾、肾经，能温中健脾、补肾壮阳、益气养血，特别适用于脾胃虚弱、食少反胃、气血亏虚、产后虚羸少气、缺乳等症。在冬季食用羊肉能够起到进补暖身的功效，加之肉质细嫩，口感鲜美，并且在畜肉类中属于脂肪含量较低的肉类，因而深受人们喜爱。据《本草纲目》记载：

> "羊肉有形之物，能补有形肌肉之气。故曰补可去弱，人参、羊肉之属。人参补气，羊肉补形也。"凡味同羊肉者，皆补血虚。

自古以来羊肉便被视为滋补佳品，而文中贾母所说的"没见天日的东西"，是指未出世的羊胎。《本经逢原》中曾记载："羊胎炙干入药，亦能补人。与鹿胎、紫河车同入六味地黄丸中，名三台丸，调补肾虚羸瘦最为得力。"冬令食羊肉大补，而书中选择的羊羔肉较之成年羊肉不膻不腻、肉质鲜嫩，口感尤甚。

《红楼梦》中这道被贾母称为"药"的"牛乳蒸羊羔"，有补中益气、养血生精之效，非常适宜体虚需要温补的老年人食用。这道菜中牛乳、羔羊肉、银耳等食材皆为补益之物，但为何贾母不让孩子们吃这道菜却让他们食用同样大补、性热的鹿肉呢？其实主要是因为"牛乳蒸羊羔"的做法，羊胎取法残忍，"没见天日"便被剖出，贾母不愿让孩子们沾上这类事物。此外，阴虚内热的中老年、正在行经的妇女以及高血压患者也应多加注意，不建议多食用。新鲜鹿肉在那时较为珍贵，是身份地位的象征，一般人不易获得，故贾母同意孩子们尝尝，但也不宜过食。

红楼 | 匠心

食材准备：

主料：小羔羊肉约 500 克。

配料：鲜牛奶 500 克，水发银耳 200 克。

调料：白酒 30 毫升，鸡汤 1000 毫升，盐、胡椒粉、葱、姜适量。

制作步骤：

将羊羔肉切成适宜大小的块状；起锅置火上，倒水煮开再放入羔羊肉，待煮出血水后，捞出并用凉白开洗净。

洗净后将羔羊肉沥干水分，用盐、白酒、胡椒粉在羔羊肉上擦匀腌制好备用。水发银耳去蒂，择洗干净备用。

准备好紫砂锅，放入鸡汤、鲜奶、盐、葱、姜、银耳和羔羊肉，用棉纸封住砂锅口，入笼蒸烂，拣去葱、姜即成。

小贴士

● 由于本道菜所用食材羊胎肉做法较为残忍且在日常生活中不易取得，建议将羊胎肉换成普通小羔羊肉。

油盐炒枸杞芽儿

第六十一回　投鼠忌器宝玉瞒赃　判冤决狱平儿行权

　　柳家的忙道："……连前儿三姑娘和宝姑娘偶然商议了要吃个油盐炒枸杞芽儿来，现打发个姐儿拿着五百钱来给我，我倒笑起来了，说：'二位姑娘就是大肚子弥勒佛，也吃不了五百钱的去。这三二十个钱的事，还预备的起。'赶着我送回钱去，到底不收，说赏我打酒吃，又说：'如今厨房在里头，保不住屋里的人不去叨登，一盐一酱，那不是钱买的？你不给又不好，给了你又没的赔。你拿着这个钱，全当还了他们素日叨登的东西窝儿。'这就是明白体下的姑娘，我们心里只替他念佛……"

　　贾府是举家从金陵（现南京）迁至京城的，生活习惯方面有些还保留着南方的习俗，探春想吃枸杞芽便是打小在金陵形成的饮食习惯。但作者此处安排这道菜不仅是因为这个背景，更是意在塑造探春、宝钗这二人的人物性格。由于王熙凤病重不能再继续料理家务，贾府便决定让探春和宝钗暂时管理荣国府。此时她二人的地位权力都已有所提升，却仍然自己出五百钱，命厨房给炒个实则不值的枸杞芽，这也从侧面展示出探春和宝钗在料理家事这方面的谨慎清廉，她们为府中上上下下做出了表率。

料理家务的探春和宝钗此时皆为十几岁的女孩子。探春管家时，每天大大小小的事务缠身，与贾府的下人也不乏矛盾冲突，难免会有压力。加上她本就悲叹自己身世，从小脾气火暴易怒，种种因素相叠导致她肝火过盛。而宝钗从娘胎里便带着病根，外冷内热，先天患有热毒之证，除了食用"冷香丸"，还得经常摇扇。若能在春天吃些枸杞芽这般清爽的蔬菜，清除体内热火，于她们二人都是大有裨益的。

红楼|梦宴

柳嫂子提到探春、宝钗想吃"油盐炒枸杞芽儿"，虽然着墨不多，但也不由得引人好奇：究竟是何种食物，价格低廉却又能让贾府这两位小姐念念不忘？

枸杞，茄科，落叶小灌木，茎丛生，春夏季开淡紫色花，浆果为圆形，红色，即我们常见的枸杞子。初春枸杞长出嫩苗，嫩苗又称枸杞头或枸杞芽，略带苦味，后味微甜、爽口。枸杞芽营养价值与枸杞子相比也不遑多让，加之做成的食物比枸杞子口感要好，故颇受这两位姑娘喜爱。

枸杞芽味甘，微苦，性凉，入心、肺、脾、肾四经。《日华子本草》有记载：

> "除烦益智，补五劳七伤，壮心气，去皮肤骨结间风，消热毒，散疮肿。"

《生草药性备要》中云：

> "明目，益肾亏，安胎宽中，退热，治妇人崩漏下血。"

因此枸杞芽有清火明目、降压保肝等功效，适宜有咽干喉痛、肝火上炎、头晕低热等症状人群食用，是春季野菜中的保健佳品。

现代女性工作、生活压力大，情志不遂，加之作息、饮食不规律，易导致内分泌失调而出现月经不调、崩漏等症，对于这部分人群，不妨在春季多食枸杞芽这类野菜。枸杞芽吃法多样，除了文中所提，还可学习被誉为"文学界的美食家"汪曾祺先生所说的两种常见吃法："枸杞头可下油盐炒食；或用开水焯了，切碎，加香油、酱油、醋、凉拌了吃。那滋味，也只能说'极清香'。"

红楼|匠心

食材准备：

主料：枸杞芽 500 克。

调料：油少许，盐、蒜瓣适量。

制作步骤：

将枸杞芽洗净，沥干。

然后热锅倒油，将油烧热至七八成时，加入完整蒜瓣炝香。

待香味煸出后，放入枸杞芽翻炒均匀，出锅前加盐。

小贴士

● 枸杞芽多见于宁夏、青海等地，因此有些地区日常生活中可能不易获得。如此情况，便可根据个人喜好，将其中的枸杞芽变为常见的香椿芽、花椒芽。香椿芽味苦、涩，性温，入肺、胃、大肠经，可健脾开胃、利尿解毒；花椒芽性温味辛，归心、脾、胃经，能温胃散寒、除湿止痛、解毒活血。参照上述枸杞芽的做法，其虽口味、功效有所不同，但美味不减。

酒酿清蒸鸭子

红楼 | 梦起

第六十二回　憨湘云醉眠芍药裀　呆香菱情解石榴裙

（芳官没参加宝玉生日宴，让柳嫂子做几道菜来吃。）说着，只见柳家的果遣人送了一个盒子来。小燕接着揭开，里面是一碗虾丸鸡皮汤，又是一碗酒酿清蒸鸭子，一碟腌的胭脂鹅脯，还有一碟四个奶油松瓤卷酥，并一大碗热腾腾碧荧荧蒸的绿畦香稻粳米饭。小燕放在案上，走去拿了小菜并碗箸过来，拨了一碗饭。芳官便说："油腻腻的，谁吃这些东西。"只将汤泡饭吃了一碗，拣了两块腌鹅就不吃了。

红楼 | 梦中

在元妃省亲时，贾府特地从苏州采买了十二个戏子以示迎接。她们在进入贾府后便更名为文官、宝官、玉官、龄官、药官、藕官、蕊官、茄官、芳官、葵官、豆官、艾官，也就是人们所称的"红楼十二官"。

本道膳食是为"十二官"之一——芳官准备的。芳官原姓花，因唱戏得到贾母青睐便被分配到怡红院，给宝玉当了丫鬟。在这姊妹众多的大观园里，她本是无足轻重的小角色，却偏偏深得宝玉宠爱，小有地位。这日本是宝玉生辰，大家都在欢天喜地庆祝，芳官却因没有接到邀请而独自待在屋中生闷气。她托厨房另外弄点吃的来，柳嫂子给她做了几道菜，其中便有这"酒酿清蒸鸭子"。

其实鸭肉除了众所周知滋补的功效外，还有极好的美容养颜效果。对于芳官这样正值妙龄又爱美的女孩来讲，这道菜是正中下怀的。由此不难看出，柳嫂子当时有求于芳官，在竭尽所能地讨好着她，也从侧面体现了芳官在宝玉面前的受宠程度之高。

红楼 | 梦宴

鸭子在《红楼梦》中不止一次出现，在第五十四回描述元宵节的情景中，为贾母准备的便是"鸭子肉粥"，而本道膳食也是以鸭为主。鸭肉本身性凉味甘，可以清虚热、补虚劳、滋阴血、健脾胃。《本草纲目》中对其有记载：

> "甘，冷，微毒……补虚除客热，和脏腑及水道，疗小儿惊痫……解丹毒，止热痢。"

鸭肉适用于产妇等虚火旺盛[①]的人群（可参见"鸭子肉粥"）。除此之外，鸭肉还有美容养颜、抗衰老的功效。

现代医学证明，鸭肉脂肪含量适中且多为不饱和脂肪酸，同时含有 B 族维生素和维生素 E 以及微量元素锌，可以很好地起到抗衰老的作用。

从中医角度来讲，人体健康是基于阴阳平衡、气血调和的。《素问·脉要精微论》里形容"夫精明五色者，气之华也"，即人的面色是五脏气血外在的表现。若气血充盈，则面色红润；反之，气血亏损，则面色枯黄。多

---

① 虚火旺盛：由于体内阴液亏虚而导致的火热旺盛的病证，常见症状为两颧红赤、形体消瘦、潮热盗汗、口干舌燥等。

数女性由于月事、生产等原因，阴液不足，气血处于亏虚状态，难以充盈全身，从而造成肌肤干枯、面色暗黄等问题。鸭肉重在滋阴养血，可以助气血布及全身，外发滋养肌肤。对于爱美的女性来讲，鸭肉可谓是天然的护肤补品。

同时，为了中和鸭肉的凉性以及去除鸭肉的腥味，本道膳食加入了酒酿。酒酿是用糯米发酵而成的一种甜米酒，发展到当下也有几千年的历史了，在不同的地方有着不同的叫法，如醪糟、甜酒、酒糟等。《本草纲目拾遗》中有这样的记载：

"酒酿……味甘辛，性温，佐药发痘浆、行血、益髓脉、生津液。"

酒酿是一种温性食品，归肺、脾、胃经，可以补气、生津、活血，针对痘疹透发不起、乳痈肿痛、头痛头风等症状有很好的缓解效果。其以热饮饮之，可以起到一定的补气安神作用，同时能帮助缓解消化不良。在本道菜肴中酒酿与鸭肉合用，使得本道菜既保留了鸭肉滋阴清热的作用，又避免了鸭肉寒凉伤及脾胃，同时增强了活血补气之效，有助于食用者全身气血的运行。

鸭肉和酒酿在我们的生活中都是较为常见的食材，处理也相对简单，无论家中的大小宴席，本道菜肴都可以作为主角登场，既能赢得体面，又可滋补养身，真可谓一举多得。

红楼 | 匠心

食材准备：

主料：鸭子半只，酒酿约 150 克。

调料：葱、姜、盐适量。

制作步骤：

首先姜切片，葱切段，鸭子洗净。随后将鸭子放入锅中，加水至没过鸭子，再放入切好的葱、姜一起大火煮。待水开后，撇去浮沫，加入适量盐，继续煮约 40 分钟。

煮好后捞出鸭子，并趁热剔骨。待鸭子稍凉，在其表面均匀涂抹酒酿，静置腌制约 3 小时。腌好后将鸭子与剩余酒酿放入同一碗中，上锅中火蒸制约一个半小时即成。

小贴士

- 腌制时使用酒酿的量，依照鸭子大小酌情而定。
- 制作菜品时，可以依个人喜好，加入莲子、枸杞子等食材一同蒸制。

胭脂鹅脯

红楼 | 梦起

第六十二回　憨湘云醉眠芍药裀　呆香菱情解石榴裙

（见酒酿清蒸鸭子）

红楼 | 梦中

前面一节"酒酿清蒸鸭子"中提到厨娘柳嫂子为了走后门而讨好芳官，给吃不惯北方面条的芳官准备了一顿丰盛精致的饭菜，这其中就包括另一道美食——胭脂鹅脯。

说起来，柳嫂子也是非常懂得投芳官之所好了，专门给她做了这道家乡名菜。事实上，柳嫂子所做的其他美食，比如深红虾丸、明黄鸭子、金黄卷酥、碧绿米饭等，一个个皆是色泽诱人，美味可口，只叫人赏心悦目、食欲大增。就连见过世面的宝玉看到这顿饭都赞不绝口，还把细节告诉袭人和晴雯，惹得她二人好生羡慕。但面对这满桌的珍馐，芳官却单单捡了两块腌制的胭脂鹅脯，就不再吃了，从中也可见芳官对于"胭脂鹅脯"这道菜的偏爱。

红楼 | 梦宴

　　鹅脯，顾名思义，是鹅胸脯的那块肉，其肉质细嫩，口感也十分鲜美。厨子在煮制鹅脯时放入了红曲粉，使鹅脯肉呈深红色，鲜明似古代女子的胭脂，因此得到了这样一个颇具江南情调的名字——胭脂鹅脯。

　　鹅肉营养丰富，蛋白质含量较高。中医学认为，鹅肉味甘性平，归脾、肺经，具有益气补虚、和胃止渴的作用。鹅血还可以治噎膈[①]反胃，解药毒。

　　《本草纲目》中对于鹅肉有记载：

　　　　"利五脏……解五脏热……煮汁，止消渴。"

　　中国清代著名饮食养生专著《随息居饮食谱》中言：

　　　　"暖胃。升津。性与葛根似。能解铅毒，故造银粉者，月必一
　　　　食也。"

　　《红楼梦》中也多次写到食鹅，由此鹅的食养功效之高便不言而喻了。身体虚弱、气血不足、营养不良、食欲不振者，不妨来尝试这道膳食。但应注意，鹅肉属于发物，对于大部分人群而言适量食用影响不大，但对于特殊体质如易过敏人群，以及皮肤病、溃疡患者，建议慎重食用。

　　本道膳食中还有一个看似无足轻重，但实际同样具有药用价值的食材——红曲粉。红曲，即为曲霉科真菌紫色红霉菌；而红曲粉由籼米经微

---

① 噎膈：指食物吞咽受阻，或食入即吐的一种疾病。噎与膈有轻重之分，噎是吞咽之
　　时，哽噎不顺，食物哽噎而下；膈是胸膈阻塞，食物下咽即吐。

生物发酵而成，晾干后研磨成粉，具有保健作用，其中所含的天然红曲素进入人体后能转化成活性酶，有助于消化。

红楼 | 匠心

食材准备：

主料：鹅 1 只（约 1500 克）。

配料：绍兴黄酒 30 毫升，苹果 500 克，红曲粉适量。

调料：白糖 25 克，蜂蜜 10 克，葱段、姜片、香叶、盐、香油适量。

制作步骤：

准备好一只鹅，去毛放血后，从背部用刀开膛取出内脏，洗净后用刀从脖颈处割下，将鹅体剖为两半，入锅内加水烧开，煮尽血水。

将煮出血水的鹅捞出后放入另一锅中，加水、盐、黄酒、葱段、姜片、香叶、苹果等煮至脱骨（保持原形状），取出骨即成鹅脯。然后，将鹅脯置锅中，加入适量清汤、白糖、蜂蜜、盐、红曲粉入味，待汤汁浓时淋入少许香油即成。

食用时可将鹅脯改刀后装盘，摆上蓑衣黄瓜围边用以装饰。

小贴士

● 食用红曲粉主要用以增加食物色泽，可以依照个人喜好选择是否加入。

贰 红楼巧点养脾胃

红楼美食名目繁多，一餐一饮尽显贾府的奢华富贵，每道菜都讲究绝对的可口与精致。点心作为富贵人家的生活享受之品，在贾府里也真正散发出光芒，每道点心都十分赏心悦目，入口绝佳。点心的制作工艺也颇为讲究，对原料的要求常常更是苛刻，只有上等的食材才能真正做出一道精致可口的糕点。而在这些条件下，古时大多平民百姓并不会常做点心，只在宫中、贵族府中等名贵之家，点心的身影才常可见，且样式繁多，极具魅力。

贾府作为名门贵族，贾母又对饮食颇为讲究，因此这府中点心不仅外观上雅致精细，更具食疗功效。每一道点心在追求绝佳口感的同时，亦注重各种原料的搭配相辅，经常食用能够对身体起到很好的调理作用，真可谓美颜又养生。

枣泥山药糕

第十一回　庆寿辰宁府排家宴　见熙凤贾瑞起淫心

（王熙凤探望病中的秦可卿。）到初二日，吃了早饭，来到宁府，看见秦氏的光景，虽未甚添病，但是那脸上身上的肉全瘦干了。于是和秦氏坐了半日，说了些闲话儿，又将这病无妨的话开导了一遍。秦氏说道："好不好，春天就知道了。如今现过了冬至，又没怎么样，或者好的了也未可知。婶子回老太太、太太放心罢。昨日老太太赏的那枣泥馅的山药糕，我倒吃了两块，倒像克化的动似的。"凤姐儿道："明日再给你送来。我到你婆婆那里瞧瞧，就要赶着回去回老太太的话去。"秦氏道："婶子替我请老太太、太太安罢。"

秦可卿是《红楼梦》中金陵十二钗之一，宁国府贾蓉之妻。她生得天姿国色，婀娜动人，虽出身寒门，却办事沉稳，深得贾府上下青睐，是贾母最得意的重孙媳。然而她生性风流，多疑要强，在焦大醉骂之后，她便忧思成疾，一病不起，最终也还是因此了结了自己的一生。她生逢贾府最为辉煌的时刻，在她逝世后，贾府为她举办了一场盛大且奢华的葬礼，风风光光地送走了这个风流的绝世美人儿。

本道膳食"枣泥山药糕"出现在秦可卿生命的末端，当时秦氏因病懒言怠食以致身形憔悴。贾母很是心疼，便遣人送来了这道"枣泥山药糕"，秦氏仿佛胃口突然好起来似的，竟能吃得两块，夸赞这个倒是"克化的动"，让自己有了些许的食欲。只可惜美味与美人虽是绝配，但仅几日后，美人便再也无福消受这美味。这道"枣泥山药糕"怕也是秦氏短暂生命中最后的一丝甜美了吧。

红楼 | 梦宴

在文中，"枣泥山药糕"被秦氏形容为"克化的动"，虽然这很有可能是秦氏作为重孙媳想要安慰关心着自己的贾母，但从中医养生的角度来看，这样的称赞却也不无道理。

"枣泥山药糕"，顾名思义，其两大功臣便是大枣和山药（即薯蓣），其早在《神农本草经》中就有记载：

> "大枣，味甘，平……补少气、少津液，身中不足，大惊，四肢重，和百药。久服轻身长年。"
> "薯蓣，味甘，温。主伤中，补虚羸除寒热邪气。补中，益气力，长肌肉。久服耳目聪明，轻身，不饥，延年。"

大枣性平，味甘，入脾、胃经，补血补气，健脾养胃，可滋补调养脾气虚弱、消瘦倦怠乏力、便溏以及心神失养等症；而山药性温，味甘，入肺、脾、肾经，益气补中，对于脾气虚弱、食少便溏、肺虚咳喘、肾虚早泄、腰膝酸软等症状有一定疗效。

脾是人体五脏之一，居中焦，主运化、统摄血液，喜燥恶湿，故而湿邪侵袭人体后易于困脾，致使脾阳不振，脾之运化功能不佳，水湿内生，停滞体内。此外，劳累或思虑过度、饮食不节等也可引起脾虚湿困，影响其运化，使水湿停滞体内。而本道膳食中大枣和山药皆入脾经，可以增强脾之运化，健脾补气。

同时大枣与山药合用，加强了固气补血的作用。中医讲，气与血皆是组成人体的基本物质。《景岳全书·血证》有言："人有阴阳，即为血气。阳主气，故气全则神旺；阴主血，故血盛则形强。"气血在人体内即为互根互用的关系：气为血之帅，能生血、行血、摄血；血为气之母，能养气、载气。气血两者任一受损，另一方则必为所累。故而本道膳食重在补气，兼能养血，对证心神不宁、气血较亏等，女性尤为适用。

对于我们现代人来讲，如若平时闲来无事，本道膳食可以作为简单的下午茶，取一块食用，既可以让我们繁忙的生活慢下来，又有益于调和我们的脾胃；而在暮春时节，湿气较重，脾胃易产生不适，可以把本膳食作为家中常备糕点，每次少量食用，尤为适宜。

红楼 | 匠心

食材准备：

大枣 300 克，铁棍山药 400 克，糯米粉约 40 克，红糖 20 克，清水少量。

制作步骤：

先将大枣和山药洗净。将大枣置于开水中浸泡，待胀大后捞出。山药去皮，同泡胀的大枣一起放入蒸笼蒸至软烂。蒸好后，去掉大枣外皮及枣核，过筛成枣泥；山药捣烂备用。

之后起锅加热，将枣泥倒入锅中，加入适量红糖和少量清水一同炒制，待水分蒸发，枣泥炒制完成。另起一锅，将糯米粉炒至微黄，趁热与山药泥混合成团，待到不粘手时盛出，晾凉备用。

最后在模具中撒入适量熟糯米粉或刷一层薄油，将山药泥包裹枣泥放入模具中，压实后取出，便可食用。

小贴士

- 山药易氧化变色，在处理的时候建议将其浸入水中。

- 炒制枣泥时，加入清水一来是为了使红糖易于溶入枣泥，二来是为了防止炒制时温度过高而致枣泥煳掉，但若加入过多的水会使枣泥澥开，所以清水依照炒制时实际情况添加即可。

- 为防止山药泥粘手，可在手上涂一层油或熟淀粉。

- 处理山药时可以戴上手套防止过敏。

- 自制枣泥馅料时可以根据个人口味进行调整。如果时间或食材有限，也可以直接使用购买的枣泥馅料成品。

桂花糖栗粉糕

红楼|梦起

第三十七回　秋爽斋偶结海棠社　蘅芜苑夜拟菊花题

（怡红院内，袭人正使唤嬷嬷给湘云姑娘送吃食和小玩意儿。）袭人打点齐备东西，叫过本处的一个老宋妈妈来，向他说道："你先好生梳洗了，换了出门的衣裳来，如今打发你与史姑娘送东西去。"那宋嬷嬷道："姑娘只管交给我，有话说与我，我收拾了就好一顺去的。"袭人听说，便端过两个小掐丝盒子来。先揭开一个，里面装的是红菱和鸡头两样鲜果；又揭那一个，是一碟子桂花糖蒸新栗粉糕。又说道："这都是今年咱们这里园里新结的果子，宝二爷送来与姑娘尝尝。再前日姑娘说这玛瑙碟子好，姑娘就留下顽罢。这绢包儿里头是姑娘上日叫我作的活计，姑娘别嫌粗糙，能着用罢。替我们请安，替二爷问好就是了。"

红楼|梦中

史湘云是金陵十二钗之一，清人涂瀛在《红楼梦论赞》中曾评价她："出而颦儿失其辩，宝姐失其奸，非韵胜人，气爽人也。"她身处薛、林之间，容颜相貌或许不如二人，但才品并非在二人之下。

史湘云活得旷达、爽朗、乐观，她这般性格的养成离不开贾府众人的关怀。她是贾母的娘家人，儿时起就经常小住贾府，与宝玉青梅竹马，共同长大。在贾府里，她深得众人喜爱，在书中第三十一回，贾母等人更是开了一个她的"淘气汇总大会"，细数她小时候的趣事。可以说，贾府是她释放天性的地方，她的爽直大气也因为贾府得以留存。

本道膳食"桂花糖栗粉糕"出现于史湘云刚离开贾府之时。史湘云在书中四进贾府，此处为第二次。此时史湘云已订婚，但淘气不改，仍给大家带来了不少快乐。但因家里打发人来接，她不得不与大观园一众分别，离别时众人都觉缱绻难舍，宝玉更是一送再送。分别后不久，宝玉就让袭人遣人去给史湘云送些新鲜的吃食，其中就包括用缠丝玛瑙碟装着的"桂花糖蒸新栗粉糕"。

红楼|梦宴

《红楼梦》中的饮食有"亦南亦北"的特色，这与当时京都"南风"形成的历史背景有关，也与曹雪芹本人的身世经历相关。

这里的栗粉糕原称"高丽栗糕"，载于元代《居家必用事类全集》，是一道北味，清代时常被作为重阳节的小食。

从中医角度来看，桂花糖栗粉糕中发挥功效的主要是栗子。栗子味甘，性温，入脾、胃、肾经。《玉楸药解》中曾介绍：

"栗子甘咸入脾，补中助气，充虚益馁，培土实脾，诸物莫逮。"

"充虚益馁"即指栗子的补益作用。栗子可以补气，而脾主运化，为气血生化之源，补气常常离不开健脾，栗子就恰好有益气健脾的双重功效，对气虚体弱乏力以及脾虚便溏之人都十分适合。除了对脾胃的补益作用外，《名医别录》中还曾记载其"补肾气"的作用，《本经逢原》中称它为"肾之果"。肾主封藏，肾气虚则下元不固、膀胱失约，易出现尿频、尿急、遗尿的症状。据《本草纲目》记载，肾主大便，栗能通肾，如果有人暴泻如注且素体虚寒，可以将栗子在火中煨熟，吃上二三十枚就能痊愈。

栗子对人体的滋补作用较显著，其性又温，因此被冠以"干果之王"的美称，是一种价廉物美的补养良品。

在这道糕点中，桂花糖主要起调味及点缀的作用，但本身也有一定食疗功效。桂花性温，味辛，可润肺生津、止咳滋阴、化痰散结，对咽喉部常常有痰或有异物感的人来说，桂花糖有很好的滋润、化痰作用。此外，桂花还有一定的活血化瘀功效，可以帮助女性调节气血、疏通经气。

这道"桂花糖栗粉糕"口感松软，栗味浓郁，加入的桂花糖进一步提升了栗子药性中的"甘"味，在添加清香的同时增强了糕点的药用功效，可谓锦上添花。许多中老年人在生活中常有腰腿无力、大便溏泄的毛病，经常食用这道膳食能增加老年人的气力。小孩子也可适量食用，可健壮体格。但需注意的是，本品滋补作用虽强，但甘味较甚，多食容易导致腻膈碍胃，脾虚经常消化不良的人和小孩要控制食量，不宜一次食用过多。

红楼 | 匠心

食材准备：

生板栗 300 克，糯米粉 150 克，桂花糖适量。

制作步骤：

将板栗去壳，放入锅内，加水煮 30 分钟。煮好稍微冷却后，将板栗捞出，剥去皮，上笼蒸至极烂，晾干后再磨成粉。

之后将栗子粉与糯米粉以 2 : 1 的比例混合，加入适量桂花糖和水，揉成光滑面团。再将面团擀开，用磨具压制成喜欢的模样，上笼大火蒸 10 分钟后，关火，即可出锅摆盘。

小贴士

- 桂花糖糖分高，不宜过多食用，对于血糖高的人，可改换成木糖醇或赤藓糖醇等代糖。

藕粉桂糖糕

红楼 | 梦起

第四十一回　栊翠庵茶品梅花雪　怡红院劫遇母蝗虫

（刘姥姥二进荣国府，贾母与其游览大观园途中。）一时只见丫鬟们来请用点心。贾母道："吃了两杯酒，倒也不饿。也罢，就拿了这里来，大家随便吃些罢。"丫鬟听说，便去抬了两张几来，又端了两个小捧盒。揭开看时，每个盒内两样：这盒内一样是藕粉桂糖糕，一样是松穰鹅油卷。那盒内一样是一寸来大的小饺儿。贾母因问什么馅儿，婆子们忙回是螃蟹的。贾母听了，皱眉说："这油腻腻的，谁吃这个！"那一样是奶油炸的各色小面果，也不喜欢。因让薛姨妈吃，薛姨妈只拣了一块糕。贾母拣了一个卷子，只尝了一尝，剩的半个递与丫鬟了。

红楼 | 梦中

《红楼梦》第三十九回至四十一回叙述的是《红楼梦》的经典情节——刘姥姥二进大观园。刘姥姥因第一次进大观园得了恩惠，便在收成丰硕之年带着些新鲜瓜果进城来给"姑奶奶们吃个野意儿"，又赶巧碰上史太君缺个说话儿的老人家，于是便留在大观园内住了些时日，因此也有了刘姥姥进大观园、宴上行酒令等家喻户晓的名场面。

此节中，大观园一众听完曲喝完酒后，丫鬟们请上些点心，其中包括藕粉桂糖糕、松穰鹅油卷、几个螃蟹馅的饺子和奶油炸的面果，但这些点心对于口味清淡的贾母来说略显荤腻，于是贾母一个也没吃完。

贾府在饮食方面向来都十分讲究，不仅仅停留于满足口腹之欲，更是秉持着"食以养人"的饮食观念。因此，此时年纪已近八十岁的贾母，口味与《红楼梦》开篇时的"爱吃甜烂之食"已大有不同，如今的她脾胃运化功能减弱，饮食偏好清淡，食量也在减少，牙口和胃口都不太好，因此不喜鹅油卷这样的肥甘厚腻之品。

红楼 | 梦宴

藕粉桂糖糕是一道江南风味的糕点，其主要原料藕粉和桂花糖都是杭州的著名特产。

藕粉是莲的肥厚根茎——藕加工制成的淀粉，是一种不带麸质的粉末，其味甘咸，性平，入心、脾、胃、肝、肺经，有和脾胃、生津止渴、益血补气的功能。《本草纲目拾遗》中曾介绍藕粉：

"藕粉……大能和营卫生津。《纲目》藕下止载澄粉作食，轻身延年，而不知其功用更专益血止血也。凡一切症，皆不忌可服。"

中医里的"营卫"指的是人体中的营气和卫气。营气、卫气都是水谷精微所化生的精气。其中柔和精纯的部分运行于脉内，有营养全身的作用，称为"营气"。卫气则"慓疾滑利"，循皮肤之中、分肉之间，起着屏障防卫的功能。营卫不和的表现之一即为自汗——汗出过多，动则尤盛。因此藕粉既可直接生津，也能通过调和营卫起到止汗生津的作用。此外，藕中含有大量的单宁酸，有收缩血管的作用，可用来止血。《本经逢原》中载，藕粉治虚损失血，吐血便血。血痢而牙关紧闭无法进食的人，将藕粉少量多次分服，则可愈。

藕粉性平，诸症不忌，是久负盛名的传统滋养食品。它食用方便，单食只需用开水冲泡即可，味道十分清爽可口。加工成藕粉糕后，桂花糖增添了口感上的甜味，于软糯之中夹杂一缕清香，使味道更佳。

整道点心味甘性平，效用温和，对于老幼妇孺、体弱多病、食欲不振者尤其适宜。高血压、肝病、贫血者食之，有助于益气补血。总的来说，藕粉桂糖糕宜药宜膳，既能作为日常享用的点心，又可作为食疗方，可谓一举两得。

红楼 | 匠心

食材准备：

无糖藕粉 40 克，糯米粉 60 克，糖桂花 30 克，牛奶 80 克。

制作步骤：

将藕粉、糯米粉、糖桂花混合，加牛奶调匀成糊状。

取一个可蒸容器，在容器底部和四周薄薄刷一层油，方便后期脱模。然后在容器内倒入面糊，容器口用保鲜膜封住，上锅蒸 20 分钟。

蒸好后，在表面再刷一层糖桂花，蒸 5 分钟。稍冷却后，带保鲜膜取出切块即可。

小贴士

- 自己制备藕粉时应注意，取藕以新鲜的老藕为宜，藕浆磨得越细越好，因为磨得越细出粉率越高。
- 使用保鲜膜是为了防止水汽打湿糕点，可以选择性使用。在选用保鲜膜时，要挑选耐高温、无毒的。

松穰鹅油卷

红楼｜梦起

第四十一回　栊翠庵茶品梅花雪　怡红院劫遇母蝗虫

（见藕粉桂糖糕）

红楼｜梦中

　　松穰鹅油卷和上节的藕粉桂糖糕出自书中同一处，皆是刘姥姥参观大观园时所呈上的点心。

　　说到进大观园的情节，就必然少不了要说说贾母和刘姥姥这两位和蔼可亲的老人。在《红楼梦》里，曹雪芹先生有意给我们塑造了一对各方面都大相径庭的老人形象。两个老人身份、地位、修养截然不同，贾母是"享福人福深还祷福"，而刘姥姥则是"如等傀儡场，忽而星娥月姐，忽而牛鬼蛇神，忽而痴人说梦，忽而老吏断狱，喜笑怒骂，无不动中窾要，会如人意"。在对比之下，刘姥姥仿佛是个丑角，糗态百出。但在这样悬殊的差距之下，她却展现出了许多闪光点，"村而不俗"，善良淳朴、吃苦耐劳，知恩图报有远见，可谓是一个并不平庸的"小人物"。

　　前文提到，贾母此时牙口和胃口都已大不如前，食量和口味都在变化。而反观刘姥姥，她的胃口牙口"都还好，就是左边的槽牙活动了"，在食宴上的玩笑话——"老刘，老刘，食量大如牛，吃一个老母猪不抬头"，虽可笑滑稽，却也侧面体现出了刘姥姥的好胃口。面对一些滋腻之品，刘姥姥非但不嫌，还每样都吃了些，与小孙子两个人一起吃掉了半盘子，相较贾母的"都不喜欢"，足见鲜明对比。

红楼 | 梦宴

这一回中提到的松穰鹅油卷虽然不受贾母的喜爱，但其本身是一道十分名贵的点心，这一点单从用料上就看得出来。

鹅油在清代不仅是珍贵食材，也是高级护肤品，在宫廷内被用来制作香皂，一般臣僚不可多得，只有皇帝引见时才有幸使用，故又有一别名曰"引见胰"。缪荃孙的《光绪顺天府志》就曾记载胰皂的制法："胰皂：按有引见胰、玉容胰、鹅油胰，及香皂、双料皂诸名。用皂荚捣烂去滓，配以香料、药料合成。"

松子则有"长寿果"的别称，唐代的《海药本草》中就有关于松子的记载：

> "温胃肠。久服轻身，延年，不老。"

松子仁性温，味甘，归肝、肺、大肠经，具有润肺滑肠、补益气血的功效，可单食，可作为烹制菜品的配料，也可榨油。

松子仁和鹅油油脂含量都较高，有润肠通便之功，能防治老年人常见的习惯性便秘。老年人的习惯性便秘多因病后体虚津亏，或滥用泻下药伤津燥血，加之年老气血本亏，肾阴不足所致，在中医中属"虚秘"范畴。松子可以益气，增强大肠的传导功能，还可养血润燥，使元复本固，肠润秘通，因此中老年体质虚弱、大便干结者尤为适用。

单从功效上看，这道松穰鹅油卷是老年人的理想保健膳食，适合贾母这类人群食用，既可延年益寿，又能润泽肌肤，还可缓泻而不伤正气。但需注意，松穰鹅油卷含油脂丰富，胆功能严重不良者应慎食，高脂血症患者不宜多食。

红楼｜匠心

食材准备：

松子仁 60 克，鹅油适量，面粉 400 克，酵母 5 克。

制作步骤：

用清水溶化酵母，再加入面粉，和面，和成光滑的面团后将其盖上一层保鲜膜，放在温暖的地方发酵至 1.5 ～ 2 倍大；松子烤香备用。

将发好的面团揉至表面光滑，再擀开成面片，涂一层鹅油，撒一层松子仁。然后卷拢面片，切成小卷儿，上笼蒸熟即成。

小贴士

- 自己制作时应注意：面不宜和得太软，否则不易定型；卷儿用旺火蒸好后不要立即开锅，停火之后再蒸 3 分钟左右，让笼里的热气再嘘蒸一会儿。
- 若不喜鹅油，可尝试其他油，如猪油、花生油等。

叁 红楼汤饮安心神

　　传统宴席中每桌必会有一道汤菜，中国人对于"汤"的钟爱从古至今都没有变过，从南到北，最简单的汤水被人们不断丰富，至今种类繁多，不胜枚举。而随着四季时令的转变，汤中的原料亦有变化，以求达到最佳的滋养作用。

　　《红楼梦》中贾府的饮汤之道更是深奥。大观园中众人所食之汤，皆是因人、因时而异。黛玉为缓咳疾而饮"燕窝汤"；宝玉丢玉失魂后为安神而饮"桂圆汤"，在雪日出行前为暖身而饮用"建莲红枣汤"，为解夏金桂炉症而求"疗炉汤"……一道道汤品，不仅折射出中国传统的养生之道，更可由此一窥贾府人生百态。

酸笋鸡皮汤

红楼 | 梦起

第八回　比通灵金莺微露意 探宝钗黛玉半含酸

（宝黛二人探望病中的宝钗，相遇薛姨妈处，一同用饭。）李嬷嬷因吩咐小丫头子们："你们在这里小心着，我家里换了衣服就来，悄悄的回姨太太，别由着他，多给他吃。"说着便家去了。这里虽还有三两个婆子，都是不关痛痒的，见李嬷嬷走了，也都悄悄去寻方便去了。只剩了两个小丫头子，乐得讨宝玉的欢喜。幸而薛姨妈千哄万哄的，只容他吃了几杯，就忙收过了。作酸笋鸡皮汤，宝玉痛喝了两碗，吃了半碗碧粳粥。一时薛林二人也吃完了饭，又酽酽的沏上茶来大家吃了。薛姨妈方放了心。

红楼 | 梦中

话说宝黛来到薛姨妈处瞧宝钗，可以用一"酸"字来作结。黛玉探望宝钗，见宝玉也在，却从未告知自己，醋意萌生，便留下一句"我来的不巧了"。而后在姨妈的餐桌上，宝玉要喝冷酒，宝钗几句就劝住了他，黛玉看着更不是滋味，于是借着取笑前来送手炉的小丫鬟，奚落了宝玉一番。

奶妈李嬷嬷、薛姨妈与宝钗都以长辈等各种身份对宝玉表示关照，而黛玉向来无所凭赖，助长了她敏感且"身上带刺儿"的性子，不随众人。

但也只有她最懂宝玉，极力怂恿他抛开顾虑尽兴饮酒，寻求自由。

红楼|梦宴

作为餐桌上焦点的宝玉，自是被疼爱他的姨妈好好地招待了——除"糟的鹅掌鸭信"外，还有珍贵难得的"酸笋"所作的汤。李时珍在《本草纲目》中记载："酸笋出粤南。顾玠《海槎录》云：笋大如臂，摘至用沸汤泡出苦水，投冷井水中，浸二三日取出，缕如丝绳，醋煮可食。好事者携入中州，成罕物。"如今交通便利，全国各地食客都可以在螺蛳粉等菜品里吃到酸笋，但彼时要在北方尝到正宗的西南传统食品并非易事，可见薛姨妈的用心。

西南地区盛产酸笋，缘于其气候潮湿，多发痢疾等疾病；人民嗜酸制酸，以达到提高食欲，帮助消化止泻，祛湿除痛的目的。另《素问·宣明五气》言"酸入肝"，酸味食物有收敛、固涩的作用，能够补阴制肝火。清代《本草求真》谈及诸笋，载酸笋："食之令人止渴解酲。利膈。"宝玉这两碗酸香汤下肚，解酒养肝，可以说宽了奶妈、薛姨妈、钗黛众人的心。

"吃醋"是有益于身体，然而"生病起于过用"，食用过多酸味食物可能导致肝气偏胜，克犯脾胃，因此不适合脾虚之人。中医学认为，鸡肉是滋补佳品，可温中、益五脏、补虚损。本膳中与酸笋同煮的鸡皮性味甘温，入脾、胃经，更是有健脾益气、生精填髓之功，可单独成菜，如山东的"芥末鸡皮"。如今含脂肪较多的鸡皮常被当成"边角料"丢弃，未曾想其肴馔自唐代以来为历代皇家御筵所重视。唐玄宗《傀儡吟》中的"刻木牵丝作老翁，鸡皮鹤发与真同"，是将人的面部皮肤比作鸡皮的最早文字记载，彼时贵族、平民皆奉鸡皮为养颜佳品。清代《调鼎集》收录"拌鸡皮""脍鸡皮"，更体现了鸡皮在各类饮宴中无处不在，入汤的烹饪技术尤其一绝。虽然鸡皮含有丰富的胶原蛋白，多有美容保健之功，但胆固醇含量较高，高脂血症者不宜吃。

酸笋配鸡皮熬汤，酸笋可补肝，鸡皮能温胃；酸笋化鸡皮的油腻，鸡皮也为酸笋带来肉香……二者相得益彰又极开胃，一饮而尽后再来些碧粳粥，实为冬日里的幸运。

红楼 | 匠心

食材准备：

酸笋 300 克，鸡皮 150 克，芥菜茎 5 根（约 15 克），柴鸡一只（约 1500 克），盐、糖适量。

制作步骤：

先将柴鸡切块，焯水后吊高汤。酸笋对半改刀成条后，用清水浸泡半小时，其间换水一次。

用开水焯去鸡皮血水，清水冲洗后切除其皮下脂肪。将处理过的鸡皮也改刀成小条，与酸笋一同放入鸡汤。

加入酸笋、鸡皮的鸡汤文火再煮半小时，最后开大火，待沸腾下芥菜茎滚 1 分钟，加入盐、糖，转中火煮 2 分钟即可。

小贴士

- 鸡皮讲究选用光滑有韧性、疙瘩不明显、皮下脂肪少者，可取鸡胸或鸡腿处的皮。
- 鸡皮脂肪可不丢弃，用于煎油。
- 芥菜茎可随季节换成时令蔬菜的菜心、菜根。
- 若没有酸笋，可以用鲜笋煮汤，加入适量醋替代。

小荷叶儿小莲蓬儿汤

红楼|梦起

第三十五回　白玉钏亲尝莲叶羹 黄金莺巧结梅花络

（宝玉挨打后大家探望，黛玉远望怡红院往来人群，感叹有父母的好处，被紫鹃劝回歇息。薛蟠向宝钗道歉，颇有悔过之意。）王夫人又问："你想什么吃？回来好给你送来的。"宝玉笑道："也倒不想什么吃，倒是那一回做的那小荷叶儿小莲蓬儿的汤还好些。"凤姐一旁笑道："听听！口味不算高贵，只是太磨牙了。巴巴的想这个吃了。"贾母便一叠声的叫人做去。凤姐儿笑道："老祖宗别急，等我想一想这模子谁收着呢。"因回头吩咐个婆子去问管厨房的要去。

红楼|梦中

话说宝玉遭了父亲毒打，大家一齐前来看望，宝玉说想喝一碗小荷叶莲蓬汤。

在《红楼梦》第三十五回中，小荷叶莲蓬汤又名莲叶羹，是贵妃贾元春归省时曾吃的一道宴上菜品。其由米粉和成团，仗着好汤，再借点荷叶的清香做成。这道菜品看着并不复杂，实则极其讲究。尤其是做汤的模具，都是金银模子，上面凿着的花形约豆子大小，有梅花的、莲蓬的，共三四十样，做工十分精巧。王夫人的妹妹薛姨妈在场，一句"你们府上都想绝了"，道出贾府对"食"的精益求精。这碗精致的汤，一来一去牵动了贾家上下众多人员，上演了一出出好戏。凤姐显摆，听贾母催人为宝玉做汤，便立即张罗了起来，又命令厨房做十来碗分与大家，做事利落又周全，却没想宝钗在一旁不动声色地说出"凤丫头凭他怎么巧，再巧不过老太太去"，抢尽风头。还有丫鬟玉钏儿，其姐金钏的自尽与宝玉有关，王夫人又偏偏命令她去给宝玉送汤……如此一碗汤，真能称得上"兴师动众"了。

红楼 | 梦宴

书中宝玉挨了打，正是血瘀气结的时候，想吃做法繁复的莲叶羹，不单因为"口味高贵"。话说这汤名内荷叶与莲蓬两味，光是说出来都有种清爽可口的感觉，且确有活血散瘀之效。

《本草纲目》对荷叶的功效记载如下：

"生发元气，裨助脾胃，涩精浊，散瘀血、清水肿、痈肿，发痘疮。"

《本草再新》言其：

"清凉解暑，止渴生津。"

《本草通玄》言其：

"开胃消食。"

荷叶，又称莲叶，性平，味苦，入肝、脾、胃经，常用以清热解暑，升发清阳，活血化瘀，适用于暑热烦渴、面赤口干等症状。清阳上升，浊阴也得以下降，于湿气最重的长夏喝一些荷叶粥，还有健脾祛湿之功。现代生活中，因其对肠道蠕动的促进作用，许多"三高"人士也会选择用荷叶泡制的茶水来帮助润肠通便、减肥等。但需注意，空腹饮用荷叶茶易导致胃痛、腹泻，长期食用可引起胃肠功能异常；脾胃虚寒、气血虚弱者，小儿，经期及妊娠期间妇女尤其不宜食用。

另一味莲蓬，即为中药的莲房，味苦、涩，性温，归肝经，可消瘀、止血、祛湿。《本草纲目》言其：

> "莲房入厥阴血分，消瘀散血，与荷叶同功，亦急则治标之意也。"

但文中此时大概五月，莲蓬还未成熟。比起在汤中使用莲蓬，学者们更倾向于此处是用模具制作莲蓬状的面片儿加入鸡汤的做法。早在宋代，林洪的《山家清供》中就有一种类似莲叶羹的"梅花汤饼"，先用白梅水和面，再将面皮放进梅花状的模具里定型，取出煮汤。莲叶羹则是对"梅花汤饼"的巧思改编，使面片渗入荷叶的味道，做出"荷叶汤饼"，既有荷叶的清香，又有荷叶清热解暑的功力，宜药宜膳。当然，如果正当季节，也可以将莲蓬取汁和面，与荷叶同为夏日带来爽口的美味。

红楼 | 匠心

（古）做法

梅花汤饼

"初浸白梅、檀香末水，和面作馄饨皮。每一叠，用五分铁凿如梅花样者，凿取之。候煮熟，乃过于鸡清汁内。每客止二百余花。"

——宋·林洪《山家清供》

食材准备：

鲜荷叶约 20 克，鸡汤 1200 克，面粉 120 克，糯米粉 80 克，盐、糖少许。

制作步骤：

提前用整鸡熬好高汤备用，滤去浮油。

采集新鲜荷叶，9 厘米左右，飞沸水并在清水过一遍。将荷叶榨汁，加入少许糖，再倒入面粉和糯米粉，揉成面团，分成小块，放入花状模具中定型，然后扣出。

取一片荷叶放入蒸锅垫底，将定型后的面团放入锅中蒸制，30 分钟后取出。待鸡汤烧滚，将荷叶、面团与鸡汤放入锅中同煮约 10 分钟至面团完全变色，加适量盐或糖调味。

小贴士

- 建议使用土鸡的鸡皮、骨头等熬吊高汤，更加味美清纯。
- 若不喜欢吃面片儿，可以用鸡肉、鱼肉、虾肉等打成肉蓉，混合生粉，放入模具做成肉馅。

建莲红枣汤

红楼|梦起

第五十二回　俏平儿情掩虾须镯　勇晴雯病补雀金裘

（平儿对麝月悄说坠儿偷虾须镯的事，不想被宝玉听到。病中的晴雯得知，仍将坠儿赶出大观园。宝玉给晴雯请来了王太医看病，给晴雯闻鼻烟，又从凤姐那里要来西洋膏专药贴太阳穴。）二人才叫时，宝玉已醒了，忙起身披衣。麝月先叫进小丫头子来，收拾妥当了，才命秋纹檀云等进来，一同服侍宝玉梳洗毕。麝月道："天又阴阴的，只怕有雪，穿那一套毡的罢。"宝玉点头，即时换了衣裳。小丫头便用小茶盘捧了一盖碗建莲红枣儿汤来，宝玉喝了两口。麝月又捧过一小碟法制紫姜来，宝玉嚼了一块。又嘱咐了晴雯一回，便往贾母处来。

红楼|梦中

　　贾宝玉出身不凡，又聪明灵秀。《红楼梦》中对他长相的描述详尽且生动，"面若中秋之月，色如春晓之花，鬓若刀裁，眉如墨画，面如桃瓣，目若秋波。虽怒时而若笑，即瞋视而有情"，是难得的美男子，更是一块洁白无瑕的"美玉"。

　　美食配与美人最佳，作为荣国府嫡派子孙的宝玉，被贾母与王夫人放在心尖，身边姐妹围绕，丫鬟小心伺候，吃穿用度不必多说。但尽享山珍海味的他，却更偏爱精巧、细腻、清新的汤水——挨打后巴巴地想吃"磨牙"的莲叶羹，早餐也少不了一盖碗莲枣汤……如果说，一碗清甜的莲叶羹是映射出芙蓉般的黛玉的影子，那么冬日里软糯糯、暖烘烘的莲枣汤，则多了些许晴雯、麝月等众丫头话家常中的烟火气。

莲枣汤看上去相对亲民，实则用的也是好物——产自福建建宁的"莲中上品"建莲。在清代，建莲一直位于皇室贡品之列，多去皮去心作通心莲，便于食用。

红楼|梦宴

建莲红枣汤可以说是宝玉清晨不可或缺的一道汤品。看他生得面若敷粉，唇若施脂，既是先天资本，也得益于后天不断的养颜滋补。

建莲与大枣是红楼中两味极佳的养颜拍档。《本草纲目》记载：

> "交心肾，厚肠胃，固精气，强筋骨，补虚损……盖莲之味甘，气温而性涩，禀清芳之气，得稼穑之味，乃脾之果也。"
>
> 《素问》言枣为脾之果，脾病宜食之，谓治病和药，枣为脾经血分药也……"

莲子味甘、涩，性平，归脾、肾、心经，补脾止泻，益肾固精，养心安神，可调养脾虚久泻、肾虚遗精等病证。清代汪绂在《医林纂要探源》卷二《药性》中曾言莲子"去心连皮生嚼，最益人……煮食仅治脾泄，久痢，厚肠胃，而交心肾之功减矣"。将其煮汤，虽减弱些许交通心肾的功力，但仍强于补脾。建莲与大枣皆被冠以"脾之果"之名，它们和脾的联系可谓密切。将建莲与大枣同煮，补气养血、健脾养胃功能益佳，更增添补心安神等效果。

《红楼梦》第十回曾提到，思虑太过而伤脾的秦氏服药时，也以"建莲子七粒去心，红枣二枚"作引子。脾为后天之本，气血生化之源；若想使机体处于气血充盈的状态，上融于面，使面色白里透红，就绝不能少了对脾胃的养护。这也是为何莲枣汤能够成为人皆喜爱的美容养颜佳品。

再者，莲枣甘甜可口，易烂面沙，古时人们辟谷喜欢服用莲枣，可以产生饱腹感，现代需要控制饮食的人群可以借鉴。

红楼|匠心

食材准备：

去心干莲子 100 克，大枣 80 克，红糖适量。

制作步骤：

先将莲子放入清水中，浸泡 2 小时左右；同时将大枣放入另一碗清水中，浸泡约 30 分钟。

随后往砂锅中倒入适量清水，放入浸泡好的大枣与莲子。

开火，待大火烧开后，转小火继续煮 30 分钟。根据个人口味，加入适量红糖，搅拌，待完全化开即可出锅。

小贴士

- 建莲品质最优。如果没有建莲，用普通新鲜莲子或干莲子代替亦可。
- 若有上火症状，可带莲子心煮；若无上火症状或不喜苦，可去莲子心再食用。
- 大枣皮保留效果更佳；大枣可去核，塞入莲子同煮。

燕窝汤

红楼 | 梦起

第八十三回　省宫闱贾元妃染恙　闹闺阃薛宝钗吞声

　　那黛玉闭着眼躺了半晌，那里睡得着？觉得园里头平日只见寂寞，如今躺在床上，偏听得风声，虫鸣声，鸟语声，人走的脚步声，又像远远的孩子们啼哭声，一阵一阵的聒噪的烦躁起来，因叫紫鹃放下帐子来。雪雁捧了一碗燕窝汤递与紫鹃，紫鹃隔着帐子轻轻问道："姑娘喝一口汤罢？"黛玉微微应了一声。紫鹃复将汤递给雪雁，自己上来搀扶黛玉坐起，然后接过汤来，搁在唇边试了一试，一手搂着黛玉肩臂，一手端着汤送到唇边。黛玉微微睁眼喝了两三口，便摇摇头儿不喝了。

第四十五回　金兰契互剖金兰语　风雨夕闷制风雨词

　　宝钗点头道："可正是这话。古人说'食谷者生'，你素日吃的竟不能添养精神气血，也不是好事。"黛玉叹道："'死生有命，富贵在天'，也不是人力可强的。今年比往年反觉又重了些似的。"说话之间，已咳嗽了两三次。宝钗道："昨儿我看你那药方上，人参肉桂觉得太多了。虽说益气补神，也不宜太热。依我说，先以平肝健胃为要，肝火一平，不能克土，胃气无病，饮食就可以养人了。每日早起拿上等燕窝一两，冰糖五钱，用银铫子熬出粥来，若吃惯了，比药还强，最是滋阴补气的。"

黛玉叹道："……你方才说叫我吃燕窝粥的话，虽然燕窝易得，但只我因身上不好了，每年犯这个病，也没什么要紧的去处。请大夫，熬药，人参肉桂，已经闹了个天翻地覆，这会子我又兴出新文来熬什么燕窝粥，老太太、太太、凤姐姐这三个人便没话说，那些底下的婆子丫头们，未免不嫌我太多事了。你看这里这些人，因见老太太多疼了宝玉和凤丫头两个，他们尚虎视眈眈，背地里言三语四的，何况于我？况我又不是他们这里正经主子，原是无依无靠投奔了来的，他们已经多嫌着我了。如今我还不知进退，何苦叫他们咒我？"

红楼 | 梦中

《红楼梦》前八十回，不论粥汤，燕窝在黛玉的碗中出场最为频繁。黛玉咳嗽是老毛病，每年春、秋分后，娇嫩的肺部总虚弱不堪，吃过许多药也未见效，自知"我这样病是不能好的了"。第四十五回中，话说秋季一至，黛玉又犯嗽疾，宝钗来潇湘馆探望。秋阴重重，深闺互剖金兰语，说起这病症，宝钗觉得黛玉自幼服用的人参养荣丸过于滋补，便推荐她吃燕窝粥调理。是夜，宝钗打发老妈子冒雨送去一大包上等燕窝及一包洁粉梅片雪花洋糖，并告知黛玉，若吃完了，再送来。黛玉感念不尽。后宝玉得知，便透露与贾母，此后，府中便每日给黛玉送来一两燕窝。

我国食用燕窝的历史可追溯到唐代的女皇帝武则天。到了清代，燕窝更是成了宫宴之宠。在贾府吃燕窝不稀奇，秦氏病中、熙凤小产、宝玉失眠时都曾享用。只是这一两燕窝虽说易得，却也折腾。黛玉没有否认宝钗的提议，但寄人篱下的敏感使她不敢向贾府多有奢求。宝钗雨夜送燕窝之举，打动了她那颗清高孤傲的心。

林黛玉出身于书香之族，而由于母亲与父亲先后亡故，只得长期寄居在贾府，看似有了好的托付，却依然如无根浮萍。中医学认为，肺在志为悲、为忧，过度悲伤或者忧虑可伤及肺气。黛玉后来非但没有走出伤感的情绪，反而越陷越深，身体最终难以承受。她天性纯真，是不为封建礼教所染，爱憎分明的代表。"质本洁来还洁去，强于污淖陷渠沟。"而在俗世之中，如此性格已预示了黛玉孤立无援，抱憾死去的命运。

红楼 | 梦宴

宝钗所说，"燕窝比药强"，这一点值得商榷。现在关于黛玉所患何病的问题，各界也存在较大争议。不过据书中描述，黛玉的慢性嗽疾春秋反复，病位在肺，且有干咳喘息、午后潮热等阴虚证表现。清代医家张璐认为，燕窝"能使金水相生，肾气上滋于肺，而胃气亦得以安，食品中之最驯良者"。因此，常吃燕窝，既能助黛玉补养脾胃，增强水谷腐化能力，提高机体抵抗力，还可抑其阴虚喘嗽之症。由此看来，食用燕窝对黛玉的调养是有一定益处的。

曹庭栋先生的《养生随笔》将燕窝粥列为粥之上品，并云：

"养肺化痰止嗽，补而不滞，煮粥淡食有效。"

燕窝，为金丝燕或多种同属燕类用唾液与绒羽等混合凝结所筑成的巢窝，性味甘、平，归肺经，不仅有滋阴润肺的功效，还能补肺气。针对咳嗽、喉咙干痒的肺燥，以及气短乏力、爱出汗的肺气虚证，燕窝可起改善作用。同时，燕窝还归胃经，平补脾胃。吃过燕窝调养后再配合摄入其他补品，更易于吸收，尤其适合脾胃虚弱者食用。但需注意，小儿及蛋白质过敏者不宜食用燕窝制品。

燕窝做法有甜咸之分。洗净燕窝同鸡汤同煮，制成宴席菜，早在袁枚《随园食单》中就有详细描述，此为咸口味做法。如今燕窝大多作为甜品，洗净后与冰糖、清水等同煮，不论是制成粥还是汤，都有养阴润燥、益气补中之效。至今，燕窝仍是高档消费品，也被追捧为美容养颜的"圣品"，但它扶正气、补身体的营养价值，较美容效果而言甚至更加突出。

红楼 | 匠心

（古）做法

"燕窝贵物，原不轻用。如用之，每碗必须二两，先用天泉、滚水泡之，将银针挑去黑丝，用嫩鸡汤、好火腿汤、新蘑菇三样汤滚之，看燕窝变成玉色为度。"

——清·袁枚《随园食单》

燕窝汤

食材准备：

燕窝干品 5 克，冰糖 15 克。

制作步骤：

先将燕窝放入盅内，用 50℃左右的温水浸泡至燕窝松软半透明时，用镊子择去燕毛，捞出用清水洗净，沥干水分，撕成细条，放入干净的碗中备用。

于无油的锅中加入清水约 200 克，放入冰糖，置文火上，烧沸至冰糖融化，打去浮沫，用纱布滤去杂质，倒入净锅中。

随后加入燕窝，继续用小火熬煮 30 ~ 40 分钟，装入碗中即成。

燕窝粥

食材准备：

燕窝 10 克，大米 100 克。

制作步骤：

将燕窝放入盅内，用50℃左右的温水浸泡至燕窝松软半透明时，用镊子择去燕毛，捞出用清水洗净，沥干水分，撕成细条，放入干净的碗中备用。

大米淘净后浸泡20分钟，再放入砂锅，倒入适量清水。米与水的比例约为1∶4，旺火烧开，改用小火熬煮30分钟左右。

放入燕窝，继续用小火熬煮30～40分钟，至米粒黏稠，自调甜咸。

小贴士

- 品质较高的燕窝颜色米白，略带黄灰，而非纯白；通透、有光泽；无明显气味。
- 完整的燕盏根据盏形的大小与完整程度分成不同的等级，较好的官燕盏形宽大、厚实且呈半月形，天然纤维紧密，干净、杂质少。
- 如用砂锅煮粥，应注意慢慢升温，以防锅身胀裂。

疗妒汤

红楼|梦起

第八十回　美香菱屈受贪夫棒　王道士胡诌妒妇方

　　（宝玉去庙中还愿，遇到江湖道士王一贴买药，便求一副"疗妒"的方子。）王一贴道："这叫做'疗妒汤'：用极好的秋梨一个，二钱冰糖，一钱陈皮，水三碗，梨熟为度，每日清早吃这么一个梨，吃来吃去就好了。"宝玉道："这也不值什么，只怕未必见效。"王一贴道："一剂不效吃十剂，今日不效明日再吃，今年不效吃到明年。横竖这三味药都是润肺开胃不伤人的，甜丝丝的，又止咳嗽，又好吃。吃过一百岁，人横竖是要死的，死了还妒什么！那时就见效了。"说着，宝玉茗烟都大笑不止，骂"油嘴的牛头"。

红楼|梦中

　　"嫉妒"，有时因金钱而起，有时因名誉而起，有时则是因为感情……归根到底，也不过全为了"欲望"二字。而在这贾家大院里，金钱、名誉、感情之类的纷争层出不穷，与之相应，嫉妒的场景亦可谓数不胜数。

　　"疗妒汤"起因于薛府——薛蟠的妻子夏金桂和香菱、宝蟾之间的情感纠葛。虽说夏金桂是正室，但嫁进薛府之前，薛蟠就有了香菱，出嫁之后夏金桂又发现薛蟠与其丫头宝蟾纠缠不清，她怎能容忍于此？于是后来用尽计谋，闹了个天翻地覆。听说妒妇闹事的宝玉，在去天齐庙烧香还愿之时就向庙中的王道士求了一个方子来治女人的妒病。此时我们再看标题——"王道士胡诌妒妇方"，为什么叫胡诌？仅因世上确实没有治疗嫉妒的药方。嫉妒不过是一种情绪，要治只能从事件本身去解决。宝玉可能内心也明白，只是这药方还是要求的。

亦有很多红学家分析后称，这副"疗妒汤"，表面上好像是贾宝玉给夏金桂求的药方，实际上另有所指。第八十回"疗妒汤"开始出现——贾宝玉到了婚配的年龄，贾府故事的关注点逐渐向红楼佳人未来的爱情婚事方向靠拢。先来看一些原文中的例子：第三十回，贾宝玉和林黛玉对赔不是，被薛宝钗挖苦是"李逵骂了宋江，后来又赔不是"；第四十九回，贾母给了薛宝琴凫靥裘，薛宝钗酸溜溜地道："你也不知是哪里来的福气，你倒去罢，仔细我们委屈着你。我就不信，我那些儿不如你？"以上种种行为，都很能体现出宝钗的醋劲儿。也就是说这副"疗妒汤"的出现之刻，在一定程度上可能就已经暗示了宝玉日后的妻子亦是一个被嫉妒之心环绕着的人。

红楼 | 梦宴

"一剂不效吃十剂，今日不效明日再吃……横竖这三味药都是润肺开胃不伤人的，甜丝丝的，又止咳嗽，又好吃。吃过一百岁，人横竖是要死的，死了还妒什么！那时就见效了。"王一贴纵使为了钱财胡诌一个"可治妒病"的方子，但也不敢随意出方，怕坏了食用者的身体，故而"疗妒汤"虽不能"疗妒"，却仍然可以滋补身体，多吃的话对人体也并无多少害处。这"疗妒汤"其实就是重在滋润、营养身体，与现在的"冰糖雪梨汤"在实质上是一致的。

梨入肺、胃经，能润肺凉心，可调理阴虚火旺之证，但其味甘、性微寒，久食易致体内湿气加重，故配燥湿之陈皮，便于体内水气流动。

陈皮苦辛而温，无毒，归肺、脾经，能泄能散，有理气、健脾、祛湿之功，又可化痰而解郁。在《医方集解》中陈皮常配为理气、发表之剂：

> "陈皮理气，通利三焦，甘草和中，匡正脾土，此即平胃散，而重用陈皮为君者也。"

这突出说明了陈皮理气及通利三焦的功效。

以陈皮反佐梨，配上冰糖熬制出来后，即成一碗清鲜甘甜的梨汤。它口感极佳，清爽润嗓，又能调理阴虚火旺之证，可使肌肤水润娇嫩而无需担忧湿气所扰。放在如今，我们将其作为日常饮品来享受，亦可给生活带来一抹清甜滋润。

如此良品，也不乏有很多食用方法来将其美味发挥到极致。我们所熟知的吃法主要分以下几种：生吃、榨汁、蒸熟、烤熟、制成"秋梨膏"。每一种方式味道有所差异，却都可以体现梨的润肺生津之效。

不过，梨也有食用禁忌，因为梨是偏寒性的食物，所以脾胃不好、患虚寒之证的人应少吃。同理，若有血虚、畏寒、手脚发冷症状的人，梨也最好煮熟后食用。腹泻之人需要注意，不要将梨和螃蟹同吃，否则会使腹泻加重。此外，梨虽可口，但因为其含糖量很高，糖尿病患者也应慎食。

红楼 | 匠心

食材准备：

雪梨1个，陈皮3克，枸杞子3克，冰糖8克。

制作步骤：

先将雪梨洗净，带皮切成大块。将陈皮、枸杞子放在冷水中浸泡。

随后在砂锅中加入清水，依次放梨

块、陈皮，大火烧开。快要煮熟之际，加入枸杞子。

最后可以根据个人口味加入适量冰糖，转到小火继续炖煮 20 分钟左右，盛出即可食用。

小贴士

● 陈皮不能放太多，不然会使汤味变苦。

桂圆汤和的梨汤

红楼 | 梦起

第九十八回　苦绛珠魂归离恨天 病神瑛泪洒相思地

却说宝玉成家的那一日，黛玉白日已昏晕过去，却心头口中一丝微气不断，把个李纨和紫鹃哭的死去活来。到了晚间，黛玉却又缓过来了，微微睁开眼，似有要水要汤的光景。此时雪雁已去，只有紫鹃和李纨在旁。紫鹃便端了一盏桂圆汤和的梨汁，用小银匙灌了两三匙。黛玉闭着眼静养了一会子，觉得心里似明似暗的。此时李纨见黛玉略缓，明知是回光返照的光景，却料着还有一半天耐头，自己回到稻香村料理了一回事情。

第一一六回　得通灵幻境悟仙缘 送慈枢故乡全孝道

（宝玉之前丢失的宝玉被送回来后，宝玉病情好转，麝月赞叹了下通灵宝玉的神效，宝玉神色一变，把玉又扔出去，又晕过去。宝玉魂魄出窍，游到太虚幻境，见了很多死去的亲人，正在大家围着宝玉哭时，宝玉苏醒了。）贾政听了，即忙进来看视，果见宝玉苏来，便道："没的痴儿你要唬死谁么！"说着，眼泪也不知不觉流下来了。又叹了几口气，仍出去叫人请医生诊脉服药。这里麝月正思自尽，见宝玉一过来，也放了心。只见王夫人叫人端了桂圆汤叫他喝了几口，渐渐的定了神。

红楼 | 梦中

黛玉病得人事不省、宝玉做噩梦惊醒的时候，为了安抚心神，都曾食用过"桂圆汤"。

黛玉在宝玉成家那日悲痛欲绝，本就羸弱的身子更是抵不住这汹涌悲情的侵袭，直到晚间才稍稍缓过来，紫鹃便端了盏"桂圆汤和的梨汁"，黛玉的情况看上去便稍好了些，只是结果已定，此番倒成了回光返照的光景了。这其中的"桂圆汤和的梨汁"，就很像如今所谓的"冰糖雪梨桂圆汤"。

《红楼梦》第五回"贾宝玉神游太虚境"中，宝玉在秦可卿房间内睡午觉，结果梦见金陵十二钗女子的判词和册子，均显示出薄命之运，以及之后梦见云雨情，这才一下吓醒，有些迷糊，旁人急忙端上桂圆汤让其定神；而在第一百一十六回里，在宝玉丢玉而致昏迷、神志错乱时，再次出现了桂圆汤，让他"定了神"。如此神效，也怪不得人们常说"安神桂圆汤"了。

红楼 | 梦宴

桂圆，又称龙眼，味甘，性温，归心、脾经，是我国南亚热带名贵特产，历史上有"南桂圆北人参"的说法。

桂圆有非常好的补心益智、养心安神功效。在《名医别录》中桂圆被称有"益智"功效，是因为"心主神"，在养心的同时也就增强了精神，对心智自然也就有提高作用。桂圆肉重在润气补气，又有补血之效，不但能补脾固气，且能保血不耗，具有甘而兼润的作用。

书中我们不难发现，黛玉与宝玉两次喝的汤稍有不同。这是因为桂圆虽好，可补心气、安心神、益脾阴、滋营充液，但黛玉肺虚燥热，桂圆属热性，故不能直接食用，在汤中和上梨汁，就是为了对其热性起平抑作用。

而用凉性梨汁，另一方面还有止咳之能，对当时久咳成疾的黛玉也能起到较好的滋润作用。

　　除了益智宁心外，我们在日常生活中适量食用桂圆亦可养血安神、延缓衰老。冬春食用桂圆可御寒祛湿。此外，由于桂圆的补益特性，在妇女坐月子期间，桂圆亦多和生姜、红糖、大枣等配伍煲汤服用，既营养又补身。如黛玉所喝的"桂圆汤和的梨汁"，便可作为日常滋补饮品。

　　龙眼肉虽然有很高的药用价值，但因其温热属性，食用过多易生湿热及引起口干，导致上火等症状。因此对于有阴虚火旺、风热等热证的人，不宜多食；对于脾胃虚弱、消化不良的人亦应少食，否则易导致消化不良及气滞；且因为糖分含量较高，糖尿病患者平时也要慎食；患有外感实邪、痰饮胀满者不宜食龙眼肉。

红楼｜匠心

食材准备：

雪梨 100 ~ 200 克，大枣 40 克，枸杞子 10 克，鲜桂圆 40 克，冰糖适量。

制作步骤：

先将雪梨去皮并切块；随后将鲜桂圆去壳，可以根据个人需求去核；将大枣、处理好的桂圆肉、枸杞子洗好，分开放好备用。

　　在砂锅中加入适量水进行煎煮，水开后放入雪梨块，5 分钟后放入大枣，然后小火煮 15 分钟，再放入桂圆肉。最后根据口味适量加入冰糖，小火熬至完全融化。

小贴士

● 晾凉后食用更加清甜。

● 可以依据个人口味添加辅料或调整冰糖的量。

肆 红楼粥食养气力

《素问·脏气法时论》言："五谷为养，五果为助，五畜为益，五菜为充，气味合而服之，以补精益气。"五谷即"稻、黍、稷、麦、菽"，也就是水稻、黄米、小米、小麦和大豆，现在泛指五谷杂粮。五谷在我国的饮食体系中通常充当着主食的角色，而在众多主食中，粥被养生研究者称为"中国人最喜欢的三餐主食之一"。

古人强调"食德饮和"，认为饮食行为要符合"德"与"和"的原则，中医文化亦强调调和"五味"以致"中和"。粥，恰恰就是调和的杰作。袁枚在《随园食单》中就曾指出："见水不见米，非粥也；见米不见水，非粥也。必使水米融洽，柔腻如一，而后谓之粥。"因此，粥有"食粥养人"的美誉。李时珍在《本草纲目》中也评价粥能"益气、生津、养脾胃、治虚寒"，"最为饮食之妙诀"。

贾府上下深谙饮食养疗之道，这点从"粥"在《红楼梦》中出现的频次与种类就可窥见。在贾府中，粥是常见的滋补饮食，包括常粥、药用粥、时令粥。并且，贾府所食之粥大多选料精贵，如红稻米粥中的稻米是康熙皇帝的"御稻米"，碧粳粥中的碧粳米也是极负盛名的贡品。

碧粳粥

红楼 | 梦起

第八回　比通灵金莺微露意　探宝钗黛玉半含酸

（宝玉、黛玉前来探望宝钗，三人在雪中共饮。）李嬷嬷因吩咐小丫头子们："你们在这里小心着，我家里换了衣服就来，悄悄的回姨太太，别由着他，多给他吃。"说着便家去了。这里虽还有三两个婆子，都是不关痛痒的，见李嬷嬷走了，也都悄悄去寻方便去了。只剩了两个小丫头子，乐得讨宝玉的欢喜。幸而薛姨妈千哄万哄的，只容他吃了几杯，就忙收过了。作酸笋鸡皮汤，宝玉痛喝了两碗，吃了半碗碧粳粥。一时薛林二人也吃完了饭，又酽酽的沏上茶来大家吃了。薛姨妈方放了心。

红楼 | 梦中

宝钗身体欠佳，宝玉、黛玉两人先后赶来探望。正巧此时天降大雪，薛姨妈便留二人在此共进晚餐，三人有说有笑，一片祥和。此时的宝玉正在兴头上，接连喝下几碗酒。李嬷嬷见状赶紧上前劝阻，几次无效后，薛姨妈又哄着，宝玉这才作罢。之后薛姨妈又为宝玉准备了几道菜食，其中便有这"碧粳粥"，宝玉也一口气喝下了大半碗。

说起这"碧粳粥"，虽然在文段中只简单地提及一句，却很大程度上彰显了贾府当时的显赫地位。碧粳米在清代是出名的贡米，味道清香，常是皇家盛宴的座上客。而在贾府的日常饮食中能够出现"碧粳米"的身影，足见身为贵族阶层的贾家正得势，深得朝廷的重视。

宝玉在痛饮之后选择"碧粳粥"来喝也并非偶然。众所周知，酒之物"小饮怡情，大饮伤身"，而"碧粳粥"具有补中益气、强健脾胃的功效，可以很好地缓和饮酒后对胃部的伤害，保护脾胃。如此想来，薛姨妈此番准备也是用心。

本道膳食出现在三位主人公年少时，当时贾家兴盛，三人也还是懵懂之中。大雪纷飞，三人在餐桌上说说闹闹、斗嘴打俏，一份温情驱散了这冬夜的寒冷。怎料想，有一天竟是物是人非，回看此情此景，心中不免多了些许的感叹与无奈。

红楼 | 梦宴

碧粳米是粳米的一种，形状细长，颜色淡绿，产于河北玉田，是清代时期的一种晚稻，做出来的粥饭香气扑鼻。清代谢墉在《食味杂咏》中描述：

> "京米，近京所种统称京米，而以玉田县产者为良。粒细长，带微绿色，炊时有香。"

优质筛选过的碧粳米多数作为贡品，成为历代皇帝席宴中的美味。相传雍正帝每日上学堂之前都会吃一碗碧粳米饭，而之后大臣田文镜生病，雍正帝更是赏赐他碧粳米以调养身体。

文中，宝玉在用餐的最后喝半碗碧粳粥，其一不难看出贾家的地位，其二也是贾府饮食之道的彰显。

碧粳米味甘，性平，有补中益气、强健脾胃、除烦渴等功效。生活中无论在饭前或是饭后，都可以盛上一小碗碧粳粥，对我们的脾胃颇有益处。

红楼 | 匠心

食材准备：

碧粳米 100 克，黄冰糖适量。

制作步骤：

将碧粳米倒入足量的水中，浸泡半个小时左右，随后将其倒入砂锅之中，大火煮开。

煮开后，用木铲伸入锅底缓慢地搅拌，此时调为小火，慢慢熬煮。

待米粒全部开花后，加入少许黄冰糖，均匀搅拌，待黄冰糖全部融化，关火盛出即可食用。

小贴士

● 此粥虽然颜值高、味道好，但很可惜，由于历史、经济等原因，碧粳米在清代以后便没有种植了，所以在家制作可用胭脂米或绿米替代，同样具有养胃之功。

奶子糖粳米粥　红枣粳米粥

红楼 | 梦起

第十四回　林如海捐馆扬州城　贾宝玉路谒北静王

这日乃五七正五日上，那应佛僧正开方破狱，传灯照亡，参阎君，拘都鬼，筵请地藏王，开金桥，引幢幡；那道士们正伏章申表，朝三清，叩玉帝；神僧们行香，放焰口，拜水忏；又有十三众尼僧，搭绣衣，靸红鞋，在灵前默诵接引诸咒，十分热闹。

那凤姐必知今日人客不少，在家中歇宿一夜，至寅正，平儿便请起来梳洗。及收拾完备，更衣盥手，吃了两口奶子糖粳米粥，漱口已毕，已是卯正二刻了。

第五十四回　史太君破陈腐旧套　王熙凤效戏彩斑衣

（元宵节宴席上。）又上汤时，贾母说道："夜长，觉的有些饿了。"凤姐儿忙回说："有预备的鸭子肉粥。"贾母道："我吃些清淡的罢。"凤姐儿忙道："也有枣儿熬的粳米粥，预备太太们吃斋的。"贾母笑道："不是油腻腻的就是甜的。"凤姐儿又忙道："还有杏仁茶，只怕也甜。"贾母道："倒是这个还罢了。"说着，又命人撤去残席，外面另设上各种精致小菜。大家随便随意吃了些，用过漱口茶，方散。

红楼 | 梦中

贾府的富贵众所周知，其吃穿用度皆有所讲究，甚至于早点和宵夜也是经过精心安排的。夜里，贾母觉得肚子饿、想食些粥的时候，家仆们便会提供鸭子肉粥、红枣粳米粥及杏仁茶等温润补品；清晨，王熙凤去往宁国府点卯前，也有吃两口奶子糖粳米粥的情节。

王熙凤负责管理贾府上下诸多事务，如此一来平日里算是操劳得异常辛苦，每天后半夜才能入睡，凌晨四五点就要起床。这种疲惫常人恐怕难以承受，而凤姐在前期能够每日依旧保持容光焕发，以旺盛的精力去继续第二天的忙碌，这自然和平时的营养饮食不无关系。贾府上下对饮食把控十分细致，这神奇的"奶子糖粳米粥"就给凤姐带来不小的益处。粳米本就滋补，配上牛奶更是温润养气，适用于脾胃虚弱、贫血、营养不良等病证。不过，故事伊始就安排王熙凤吃此粥，亦是向读者揭示了她的血气不足之证，从而埋下伏笔，为日后熙凤出现下红、崩漏等情节做了铺垫。

红楼 | 梦宴

粳米粥是我们日常粥食的一种，在生活中极为常见。其中的重要食材"粳米"，本身味甘，性平，入脾、胃经，有健脾养胃、补中益气、和五脏、止虚寒泻痢等功效。脾胃虚弱或不思饮食的人可以长期食用。李时珍在《本草纲目》中言其：

> "甘、苦，平，无毒……益气，止烦止渴止泄……温中，和胃气，长肌肉……补中，壮筋骨，益肠胃。"

此外，在张仲景的《伤寒杂病论》中，三十多个方子的配伍都用到了粳米。譬如清热名剂"白虎汤"，所用的粳米便起到了尤为显著的护胃功效，既能防止剂中所用的石膏、知母等物大寒伤胃，又可防止患者在此时热邪过盛伤及胃部津液。

"奶子"即奶制品，一般指牛奶或者羊奶，《红楼梦》中所用为牛奶。牛乳味甘，性微寒，归心、肺、胃经。牛奶粥是个古方，早在《本草纲目》中就有记载：

"补虚赢，止渴。养心肺，解热毒，润皮肤。冷补，下热气。"

奶子糖粳米粥适用于气血亏损之证。粳米味甘而淡，性平而无毒，与奶制品搭配，可温养脾胃而营血生气，补虚损，润五脏，补充营养，使周身筋骨强健。因此，奶子糖熬的粳米粥可以说是最为"补益虚劳"的粥品，对体质虚弱、气血亏损、病后虚赢[①]之人有上乘的营润效果，亦可为日常滋补养生粥品。

红枣，大家再熟悉不过了，能够补中益气，养血安神，提高人体免疫力。《红楼梦》中也多次出现红枣的身影，在之前章节"枣泥山药糕""建莲红枣汤"中，都有过详细介绍。红枣适用于脾虚食少便溏、气血亏虚等证，脾胃不和、身体虚弱、贫血消瘦者可多食用。此外，红枣香甜可口，诱人食欲，在粥食配品中是最常用的。秋冬之时，容易体寒气虚，这时煮一碗热气腾腾的红枣粳米粥，感受氤氲暖气扑面而来的浓郁谷香，不免让人心中升腾起暖暖的幸福感。红枣粳米粥是很简单也很滋补的家常粥饭，对一些体寒女性来说，若搭配上一些红糖或黑糖则更有暖身养血之效。总而言之，无论粳米粥配以"奶子糖"还是红枣，都既保留了家常美味的那份质朴，又拥有着滋补脾胃、补中益气之功效。

---

① 病后虚赢：病后气血亏虚的状态。

红楼 | 匠心

奶子糖粳米粥

食材准备:

粳米 100 克,牛奶 250 毫升,红糖约 15 克。

制作步骤:

将粳米淘干净,泡水 30 分钟至 1 个小时,使米粒充分吸收水分。

在砂锅中加入适量清水,放入淘好的粳米后,根据粥量熬煮 1 ~ 2 个小时。

及时观察粥态,在粥煮至黏稠的时候放入牛奶、红糖,搅拌均匀后,再煲几分钟即可出锅。

小贴士

● 可根据个人口味调整红糖用量;若使用黑糖,则健脾温中效果更强。

红枣粳米粥

食材准备:

粳米 100 克,红枣 20 克,红糖约 15 克。

制作步骤:

同上。

小贴士

● 红枣尽量去核,以避免酸味。

● 煮粥的过程中要控制好火候,控制好水和米的比例,偶尔搅拌,这样煮出的粥味道更香浓。

鸭子肉粥

红楼|梦起

第五十四回　史太君破陈腐旧套　王熙凤效戏彩斑衣

（见奶子糖粳米粥　红枣粳米粥）

红楼|梦中

本道膳食出现在元宵节之际。大家吃酒行令，赏戏观灯之后，便到了四更天，贾母自觉有些饿了，王熙凤应声端上的第一碗便是这"鸭子肉粥"。

贾府作为有名有面的大家族，虽然颓势已成，但吃穿用度依旧颇为讲究，这道"鸭子肉粥"既是为贾母特别准备的，便会有其中的道理。贾母年事已高，不似年轻人般气血旺盛，需要有一定程度的进补。而鸭肉注重滋阴除热，贾母食后既可达到滋补的目的，又不似人参等大补物会产生补之过极的情况。

然而贾母最后并没有选择"鸭子肉粥"，这又是为何呢？原来，当时已经接近四更天，也就是现在的半夜一点钟左右了。鸭子虽能进补，却也是油腻之物。贾母本身年事已高，消化功能已然不似年轻时旺盛，又逢夜间进食，油腻之物自然消化不来，所以这款美味的"鸭子肉粥"也就与贾母无缘了。由此可以看出，不贪食，有节制，能够根据自身情况选择适合的膳食，正是贾母保持健康长寿的秘诀吧。

红楼 | 梦宴

鸭肉作为滋补品，早在《肘急后备方》《随园食单》等古籍中就有详细描述。对于鸭肉的功效，《随息居饮食谱》则有记载：

> "鸭，滋五脏之阴，清虚劳之热，补血，行水，养胃、生津、止嗽，息惊，消螺蛳积。"

中医学认为，"鸭粥"能够补阴益血、清虚热、养胃生津。而鸭肉作为滋补之品，经常会被用来和鸡肉比较，两者虽然都入脾、胃经，且均具有补虚之效，但两者本质上却是大有不同的。鸡肉甘温，可以温中补脾、益气养血、补肾填精，现代科学研究表明鸡肉的蛋白质含量较高，是生活中补充蛋白质的佳品。鸭肉则与之互补，性味甘凉，着重滋阴血、补虚劳，具有健脾胃、消水肿等功效。中医食补讲求"因人而异，因时而异"，在食用时可以根据自身情况进行选择。

不难看出，"鸭子肉粥"是贾母的专属。这是因为贾母年事已高，而大多数老年人会出现体内阴液亏虚，阴阳失衡的现象，若加之体内本就存在虚火，在饮食上稍不注意，就会导致内火旺盛。此时，鸭肉的出现就是恰到好处了，在清虚热、滋阴精的同时，又不必担心补之过极。与之相似，多数的产妇和大病初愈而体内仍呈阴虚之象者，在恢复期间也可以考虑食用鸭肉。

鸭肉的另一功效——消水肿、通利小便也是相当重要的。《素问·水热穴论》和《素问·至真要大论》分别指出水肿"故其本在肾，其末在肺"，"诸湿肿满，皆属于脾"，即其病因主要在于肺、脾、肾：上焦肺失宣降通调，而致津液上无法宣发外达，下无法通调水道，形成尿液；中焦脾胃湿困，运化失职，升清降浊不利，水湿聚停，三焦壅滞，水道不通；下焦肾气虚弱，不能化气行水，致使膀胱开合不利，水液潴留体内。鸭肉则刚好入肺、脾、肾三经，对于通调水道，治疗水肿，可谓是对证。

现代医学进一步研究证实鸭肉中富含 B 族维生素，可以增强食欲，健脾胃，所以普通人也可在平日适当食用。食用过程中还要注意适量适度的原则，因为鸭肉微寒，本身脾胃虚或便溏之人更是不宜多食。

红楼 | 匠心

（古）做法

"取青雄鸭，以水五升，煮取饮汁一升，稍稍饮，令尽，浓覆之，取汗佳。"

——东晋·葛洪《肘后备急方》

食材准备：

鸭肉 100 克，葱 1 根（切段），黄酒、料酒适量，姜末、花椒少许，粳米 200 克。

制作步骤：

将鸭肉洗净，用刀切成小块，放入适量的黄酒、料酒、姜末、花椒，抓匀，腌制约 1 个小时。

砂锅中加水，待水开，放入粳米，用木铲适当搅拌，待米粒半熟，还未完全胀开时，放入腌制好的鸭肉，随后盖盖儿继续大火熬煮至米粒开花。

最后加入葱段，转文火继续熬制约 30 分钟即成。

小贴士

● 出锅后，依据个人口味可加入适量盐来提味。

● 本方只是最简单的鸭子肉粥做法，粥中也可放入胡萝卜丁、青豆、玉米、莲子、大枣等物一同熬制。时间充裕的话，可以提前用鸭架熬制一锅鸭汤，将此处的清水熬制变为鸭汤熬煮，味道更加醇厚鲜美。

红稻米粥

红楼 | 梦起

第七十五回　开夜宴异兆发悲音　赏中秋新词得佳谶

　　贾母因问："有稀饭吃些罢了。"尤氏早捧过一碗来，说是红稻米粥。贾母接来吃了半碗，便吩咐："将这粥送给凤哥儿吃去。"又指着，"这一碗笋和这一盘风腌果子狸给颦儿宝玉两个吃去，那一碗肉给兰小子吃去。"又向尤氏道："我吃了，你就来吃了罢。"尤氏答应着，待贾母漱口洗手毕，贾母便下地和王夫人说闲话行食。尤氏告坐。

红楼 | 梦中

　　在第七十五回的夜宴上有这样一处细节，贾母晚饭喝一碗"红稻米粥"时，回头看见尤氏仍在吃白米饭，便觉得奇怪，以为这红稻米粥不过是平常食物，大家在夜宴上应当一起品尝。而王夫人解释说："细米艰难，都是可着吃的做。"也就是说，这红稻米可金贵着呢。这一处虽是细节，却透露出大学问。贾府是皇亲国戚、名门望族，山珍海味自然不缺，而贾母又十分懂得养生，因此贾府上下对饮食的把握一直都十分细腻讲究。可在这宴席上，小小一道粥却不能多做一些，就难免让人好奇这红稻米究竟为何物，竟然如此珍贵。

据康熙时期的《玉田县志》记载，此米是"康熙皇帝于丰泽园的稻田中发现的奇异良种，便命择膏壤以布此种"，被封为"御稻米"。这种米本就品种稀奇，营养价值很高，再加上拥有了"御用稻米"的头衔，便珍贵到只有皇亲贵族才吃得起了。

稻米、枸杞子、红枣，这三味选材均有滋补气血的作用，既温和又营养，对贫血、体虚之人来说是饮食中上乘之选。如此一想，贾母吩咐要把红稻米粥"送给凤哥儿吃去"，也是有缘故的。在宴席前一天晚上凤姐去抄检大观园后，由于过度劳累，崩漏之疾复发。红稻米粥有滋补气血之能，正适合她的病证，能起到健脾补虚、养血生津的效果。

红稻米在《红楼梦》的其他章回也有提及。第五十三回，地方官员年终向贾府交租时账单上就有"玉田胭脂米二石"的记载，其中的"胭脂米"说的就是这红稻米。

红楼 | 梦宴

清代谢墉在《食味杂咏》有言：

> "京畿嘉谷万邦崇，玉种先宜首善丰。近纳神仓供玉食，全收地宝冠田功。泉浸色发兰苕绿，饭熟香起莲瓣红。人识昆仑在天上，青精不与下方同。"

这里提到了两种米，其中"兰苕绿"代指碧粳米，而"莲瓣红"指的便是这红稻米。红稻米俗称"胭脂米"，米粒长而色殷红，散发香味且有淡淡的糯甜感。红稻米营养丰富，不仅具有补养、收敛的作用，同时性平味甘，入血分，具有滋补气血的功效。红稻米用于做粥时，还有独特的香味。此外，红稻米搭配枸杞子、红枣，能够活跃脏腑经络之气，营养各种脏器组织，是上乘的温补气血之品。从现代营养学角度来看，红稻米营养元素丰富，氨基酸的含量也比普通大米高，富含各种维生素，具有极高的营养价值。

而本道膳食中涉及的另一味食材——枸杞子亦是很好的养生食材，明代李时珍在《本草纲目》中记载：

> "至于子则甘平而润，性滋而补……能补肾润肺，生精益气。此乃平补之药……"

《本草通玄》有言：

> "枸杞子……补肾益精，水旺则骨强，而消渴目昏、腰疼膝痛无不愈矣。"

枸杞子滋润肺脏，补益精气，是现代养生必备之品。各种粥食饮品内添加枸杞子，能起到很好的营养作用。不过，即使是营养补品，也有需要注意的地方——根据《本草经疏》所言："脾胃薄弱，时时泄泻者勿入。"我们需要判断自身情况，有外邪实热、脾虚有湿及泄泻者不宜服用。

现如今红稻米已不如从前一样珍贵，我们可以很容易买到，平日生活里熬制一碗红稻米粥，暖暖地喝下肚，既美味又养生。

红楼|匠心

食材准备：

红稻米 100 克，红枣 20 克，枸杞子 10 克。

制作步骤：

将红稻米洗净，用凉开水浸泡 4 小时；红枣、枸杞子洗净备用。

在砂锅内放入适量的水，用大火烧开后放入红稻米，等待再次烧开。

随后放入红枣，20 分钟后再放入枸杞子。

盖上锅盖，文火熬制 1 小时即成。

小贴士

● 红稻米是自然种植出来的，米心为白色，咀嚼有米香。现在市面上还常见"红曲米"，是人工生产出来的，这是一种用天然红曲霉菌拌入煮熟冷却的大米饭中，发酵而成的棕红色或紫红色米粒。这发酵用的红曲，在元代吴瑞《日用本草》中有言："红曲酿酒，破血行药势。"红曲，性味甘温，有健脾消食、活血化瘀的功效。红曲入药可以在一定程度上起到降血脂、降血压的作用。购买时两种米需加以辨别，因为二者功效截然不同，需根据自身情况进行选择。

伍 红楼饮品应佳人

　　《红楼梦》中的饮食文化，可谓是种数繁多，样样给人以馔玉炊珠之感，其中酒水饮品更是不容错过的高级甘露。书中贾府里的这些极致酒饮，尽管有些现如今难能一见，但其实很多还是有原型的，就拿我们平日里喝的一些饮品来说，它们可能已流传百年，早就从清代的贵族饮料变为我们日常生活中的养生佳酿了。

　　本部分收录了书中一些较为出名的精髓饮品并对其进行剖析讲解，如解暑止渴的"酸梅汤"，闲饮甜食"杏仁茶"，进献给皇帝的珍品"玫瑰清露""木樨清露"等。除了以上清香可口的饮品，更有许多醇郁散香的酒品佳酿。品尝一杯，唇口间回旋留恋着的醇香令人感到飘飘欲仙；酒饮下肚，更有极好的养生功效滋补温润着身体的每个部分。这些仙品药酒被府中的大家深深喜爱着，可辟疫祛邪的"屠苏酒"、舒郁理气的"合欢花酒"……细细品味，贾府中的饮品和酒酿总是令人向往。

　　那么就来翻开这个篇章，让我们一起来领略贾府这些养生美颜的精致饮品的风情，一窥其中的养生文化，体味贾府的温情冷暖。

酸梅汤

红楼 | 梦起

第三十四回　情中情因情感妹妹　错里错以错劝哥哥

（宝玉犯错挨打后。）王夫人正坐在凉榻上摇着芭蕉扇子，见他来了，说："不管叫个谁来也罢了。你又丢下他来了，谁服侍他呢？"袭人见说，连忙陪笑回道："二爷才睡安稳了，那四五个丫头如今也好了，会服侍二爷了，太太请放心。恐怕太太有什么话吩咐，打发他们来，一时听不明白，倒耽误了。"王夫人道："也没甚话，白问问他这会子疼的怎么样。"袭人道："宝姑娘送去的药，我给二爷敷上了，比先好些了。先疼的躺不稳，这会子都睡沉了，可见好些了。"

王夫人又问："吃了什么没有？"袭人道："老太太给的一碗汤，喝了两口，只嚷干渴，要吃酸梅汤。我想着酸梅是个收敛的东西，才刚捱了打，又不许叫喊，自然急的那热毒热血未免不存在心里，倘或吃下这个去激在心里，再弄出大病来，可怎么样呢。因此我劝了半天才没吃，只拿那糖腌的玫瑰卤子和了吃，吃了半碗，又嫌吃絮了，不香甜。"

红楼 | 梦中

贾宝玉前世真身为赤霞宫神瑛侍者，是荣国府贾政与王夫人的次子、贾府玉字辈嫡孙。他衔通灵宝玉而诞，深受贾母疼爱，为人重情，热爱诗词曲赋，厌恶四书和八股文。他与林黛玉互为知己，两情相悦，最后却被迫与薛宝钗成婚，致使林黛玉泪尽而逝，自己被抄家后变得疯癫。"情极之毒"是贾宝玉性格乖张的一个表现，同时也是他对残酷现实的无奈控诉，对大观园女儿悲剧的无声叹息，对木石前盟的无言忠贞。

此处，贾宝玉因为琪官和金钏一事惹恼了父亲贾政，挨了一顿板子毒打，下半身无法动弹，卧病在床，见了丫鬟袭人叫着要吃酸梅汤。炎天暑日，又挨了那样一顿打，疼得都躺不稳，干渴一时浮上心头，心中只想着那凉凉甜甜的酸梅汤，若能痛饮几口，真是百怠俱消。只是酸梅汤酸性收涩，对于刚挨完打的宝玉来讲，有碍于伤势恢复，故袭人才坚持没拿给宝玉。

红楼 | 梦宴

宝玉嚷嚷着要喝酸梅汤，但袭人担心酸梅收敛，不利于热毒热血排出，所以没有给他喝。就宝玉的外伤来说，挨打之后皮开肉绽，也有残留瘀血，所以治疗应该先活血、行血，切不可过早收敛止血。根据中医理论，酸梅汤为酸性食物，有收敛固涩的作用。所以宝玉此时饮用酸梅汤确实会不利于化解瘀血，所谓"瘀血不去则新血不生"，有碍于伤口的愈合。

"酸梅汤"的主料是乌梅。乌梅归肝、肺、大肠经，其功效早在《本草纲目》中就有记载：

> "酸、温、平、涩、无毒……下气，除热烦满，安心，止肢体痛……"

乌梅，以个大、核小、肉厚、外皮乌黑、味极酸者为佳。它含有丰富的有机酸，可以重赋肌肉和血管新鲜活力，所以饮用酸梅汤可以起到很好的提神作用，有效缓解疲惫的状态，并且酸能收敛浮火，尤其适合炎热火旺的夏日。乌梅味酸，可化阴养阴生津，也可收涩以敛汗止汗，对于肺虚久咳、久泻久痢、呕吐、虚热消渴等症状颇有疗效。乌梅酸涩入大肠经，能够涩肠止泻痢，还可生津液、止烦渴，轻度收缩胆囊，促进胆汁分泌，故食欲不佳、胆结石或腹泻的患者都适合饮用酸梅汤。但要注意不可多食，尤其胃酸呕酸者忌食。同时乌梅有敛邪之弊，所以表邪未解或内有实热积滞者不宜食用。儿童的胃黏膜较薄弱，抵抗不了酸性物质的持续摄入，所以要控制小儿的饮用量。

乌梅在长江流域广泛种植，不同的制作工艺，使得乌梅的味道也大有不同：原味乌梅，梅味重，口感细腻，色泽稍淡；烟熏乌梅，药材味重，颜色略深，口感特别，烟熏是为了保持乌梅的药性，也便于更好地保存乌梅。

直到现在，酸梅汤依然是夏日里很好的解暑止渴饮品。而且酸梅汤可以缓解疲劳、增进食欲、平降肝火，食材易得，做法也简单。此外，因为酸梅汤中有山楂，具有活血的功效，女性月经期间和分娩前后不宜饮用。

红楼 | 匠心

（古）做法

"肥大黄梅蒸熟去核净肉一斤，炒盐三钱，干姜末一钱半，紫苏二两，甘草、檀香末随意，拌匀，置磁器中晒之，收贮，加糖点服。夏月调水更妙。"

——明·高濂《遵生八笺·饮馔服食笺》

食材准备：

乌梅 30 克，干山楂 10 克，陈皮 10 克，桑葚 10 克，洛神花 5 克，甘草 5 克，干薄荷叶 2 ～ 3 片，冰糖 20 克，桂花少许。

制作步骤：

称取适量食材，洗净后，放入清水中浸泡约 30 分钟。

将浸泡后的食材放入锅中，加入 2500～3000 毫升清水，大火煮沸，熬煮约 15 分钟，转文火，熬至颜色变为深红时加入适量冰糖，继续熬煮 30 分钟。

熬好后过滤，晾凉。饮用前可撒入桂花，冰镇后口感更佳。

小贴士

● 汤渣可加一些水再煮一次，但味道会变淡。配方并非一成不变，可根据个人口味调节各食材的用量，还可添加酸枣、苹果、菊花等丰富口感。

● 常温下，酸梅汤是很容易变质的，如果一次喝不完，最好放入冰箱冷藏，但也不可超过 3 天。

● 烟熏乌梅与原味乌梅熬出的酸梅汤口感很不一样，可以尝试下自己更喜欢哪一款。

玫瑰清露　玫瑰卤子

红楼｜梦起

第三十四回　情中情因情感妹妹　错里错以错劝哥哥

（宝玉挨了父亲的板子，母亲王夫人心疼他受苦。）王夫人道："嗳哟，你该早来和我说。前儿有人送了两瓶子香露来，原要给他点子的，我怕他胡糟踏了，就没给。既是他嫌那些玫瑰膏子絮烦，把这个拿两瓶子去。一碗水里只用挑一茶匙儿，就香的了不得呢。"说着就唤彩云来，"把前儿的那几瓶香露拿了来。"袭人道："只拿两瓶来罢，多了也白糟踏。等不够再要，再来取也是一样。"

彩云听了，去了半日，果然拿了两瓶来，付与袭人。袭人看时，只见两个玻璃小瓶，却有三寸大小，上面螺丝银盖，鹅黄笺上写着"木樨清露"，那一个写着"玫瑰清露"。

红楼｜梦中

袭人，宝玉房里丫鬟之首，对人和气亲切，处事稳重，心地纯良，对主子的照料可谓细致入微。前面提到，宝玉因做错事挨了父亲一顿痛打，回到怡红院后，吵着要喝酸梅汤。袭人体贴懂事，担心酸梅汤收敛，不适合受伤后饮用，便哄着宝玉吃糖腌的玫瑰卤子，来解他心里的"热毒热血"。然而贾宝玉只吃了半碗，便"嫌吃絮了，不香甜"，母亲王夫人心疼他受苦，便给他拿来一瓶玫瑰清露。香露十分珍贵，装在一个三寸的小玻璃瓶中，兑水饮用，香妙异常。袭人作为宝玉的贴身丫鬟，向来很得宝玉心意，此番虽是违逆宝玉的意愿，却也是设身处地为宝玉着想。加之贾府中的丫鬟们成天伺候主子的饮食起居，在日常生活中积累了一些养生常识，一般都懂些饮食宜忌，所以袭人做出此番举动也就不足为奇了。

红楼 | 梦宴

玫瑰卤子其实就是用糖腌制的玫瑰花瓣，味道甜美，而且有活血化瘀的功效，冰镇之后还是消暑良品，因此袭人让受伤后的宝玉食用恰到好处。之后宝玉饮用的玫瑰清露亦是如此，功效相似。玫瑰清露是玫瑰蒸取制成，气香味淡，有和血、宽胸、散郁的功效。

玫瑰，入肝、脾经，《本草纲目拾遗》中记载：

"气香性温……和血行血，理气，治风痹。《药性考》云：玫瑰性温，行血破积，损伤瘀痛。"

玫瑰有利于疏肝、理气、解郁，入血分，具有活血化瘀的作用，能够行气解郁、和血止痛，可用于肝胃气痛、食少呕恶、月经不调、跌扑伤痛。中医学认为，肝属木，喜条达，主疏泄，有畅达气血的功效，且肝藏血，故肝气条达则气血通畅，机体才能够正常运转。

玫瑰花药性温和，能够温养心血，舒发郁气，起到镇静、安抚的作用。现代女性在月经前后往往烦躁不安，难以忍受，此时喝玫瑰茶能够起到一定的调节作用。当今社会的工作和生活压力越来越大，无论男女，都可以喝点玫瑰茶来安抚自身的烦躁情绪。

这两道膳食做法简单，而且颜色漂亮，味道芳香，还可以活血化瘀、清毒美容，众人皆可日常食用。对于平时存在痛经、月经不调或胃寒的人群，此膳食可以起到缓解作用。

玫瑰清露

（古）做法

"仿烧酒锡甑、木桶减小样，制一具，蒸诸香露。凡诸花及诸叶香者，俱可蒸露，入汤代茶，种种益人。入酒增味，调汁制饵，无所不宜。"

——清·顾仲《养小录·诸花露》

食材准备：

食用干玫瑰花 50 克，糖桂花 5 克，冰糖 10 克。

制作步骤：

首先将玫瑰花瓣洗净，分成两等份。

然后在砂锅里加入 500 毫升水，倒入一半玫瑰花，小火煮 10 分钟后捞出花瓣。

将另外一半玫瑰花放入砂锅中，加入冰糖，继续焖煮 10 分钟。

最后盛出清汤放凉，放少许糖桂花。

玫瑰卤子

（古）做法

"上年先收酸梅，盐腌，俟晒久有汁，入磁瓶收贮。次年摘玫瑰花阴干，将梅卤量为倾入，并洋糖拌腌，入罐封好听用。"

——清·童岳荐《调鼎集》

食材准备：

食用鲜玫瑰花 50 克，白砂糖 30 克，蜂蜜 10 克。

制作步骤：

将食用玫瑰洗净沥干，将花瓣和白砂糖放进石臼，一层花瓣一层糖，层层叠放。

用石杵捣碎，直至花瓣与糖凝变为质地晶莹的绛紫色团块，然后淋上蜂蜜。

最后取一个干净容器密封保存，即吃即取。

小贴士

● 原版玫瑰清露需要用到蒸馏装置，这里为简化版本，原版做法可以参照木樨清露制法。

● 要选用可食用的玫瑰。

● 密封在无水无油的干净罐子里，玫瑰卤子可以保存 3 ～ 4 个月。

木樨清露

红楼|梦起

第三十四回　情中情因情感妹妹 错里错以错劝哥哥

（见玫瑰清露）

红楼|梦中

王夫人出生于四大家族之一的王家。刘姥姥形容闺中的王夫人"着实响快，会待人，倒不拿大"，可见那时候的王夫人是个性情直爽的女孩儿。

王夫人与丈夫贾政夫妻感情浅薄，贾政时常在晚上与王夫人说完话后到赵姨娘处歇下。由于夫妻关系不和谐，王夫人性情日渐改变，到了贾母眼里，也就成了话少不显好的二太太。慢慢地，王夫人的精神寄托转向奉诵经文，一心向佛。

唯有儿子宝玉是她的心头肉。王夫人得知宝玉被打后，心疼他，便说自己那里有几瓶上用的清露，叫丫鬟取了给宝玉送去。书中形容那可是进贡的东西，十分金贵，包装精美，装在三寸大小的玻璃小瓶里，盖子用的是螺丝银盖，香露名字则写在鹅黄笺上。宝玉得来甚喜，即命调来吃，果然香妙非常，这也可见"木樨清露"实为不凡之物。

红楼|梦宴

精神萎靡的宝玉见到"木樨清露"后，十分喜欢，觉得"香妙非常"。而"木樨清露"疏通气机，对于刚挨完打，肝气受抑，胸怀郁结的宝玉，是十分适宜的。

木樨，其实就是我们所说的桂花，因其质"纹理如樨"而得此名。"木樨清露"就是用桂花蒸馏之后所得的香液。桂花在《本草汇言》中早有记载：

　　"气温，无毒。散冷气，消瘀血，止肠风血痢。凡患阴寒冷气，癥疝奔豚，腹内一切冷病，蒸热布裹熨之。"

桂花性温，味辛，归肺、脾、肾经，有温中散寒、暖胃止痛、止咳化痰、消肿化瘀的作用，适用于痰饮咳喘、肠风血痢①、经闭痛经、寒疝腹痛②等疾病。此外，桂花芳香宜人，泡水饮用，可清新口气，除去口腔异味。现代研究还发现，桂花含有大量的氨基酸和植物蛋白，在净化排毒方面很有效果，久食可活血润肤，促进新陈代谢，令肌肤焕发莹润透亮。

在中国传统饮食中，桂花常被做成多种美食，如桂花酒、桂花茶、桂花糕、桂花露等都是经典美味。其中桂花酒不仅甘甜醇美，还能够化痰散瘀活血，特别适合女性饮用，有"贵妃酒"之美誉；桂花茶香气宜人，有芳香辟秽的功效；桂花露能够醒脾开胃，平肝化痰。每一种的制作方式都不复杂，我们在日常生活中可以尝试制作，在享受美味的同时还可补养身体。

---

① 肠风血痢：指风、寒、湿邪等，通过体表经络进入肠道，加之肠道此时有内热聚集，两者相互作用，长时间就会损伤肠道和经络。其症状表现为便血、腹泻，显著的特点是便血如注、量大、颜色鲜红，肛门不肿也不痛。

② 寒疝腹痛：一种急性的腹痛，主要见于虚寒或实寒所导致的人体四肢痉挛，而且还会出现冷汗、腹痛、全身发冷、肢体麻木以及两胁部连扯样的疼痛。

红楼 | 匠心

（古）做法

"仿烧酒锡甑、木桶减小样，制一具，蒸诸香露。凡诸花及诸叶香者，俱可蒸露，入汤代茶，种种益人。入酒增味，调汁制饵，无所不宜。"

——清·顾仲《养小录·诸花露》

食材准备：

桂花 10 ~ 15 克。

制作步骤：

首先取桂花洗净，放入烧瓶，加适量清水，盖上瓶塞，连接冷凝管。

随后用酒精炉加热，煮沸后收集蒸馏液。

最后将蒸馏液晾凉，倒入消毒过的密封罐，放冰箱冷藏。

小贴士

● 要喝的时候建议用无油无水的瓷勺子舀出。

● 其实玫瑰清露和木樨清露的制作方法应当是一样的，但此处木樨清露选用的是古法蒸馏制成，而玫瑰清露选用的是现代制法，更加方便简洁易操作，且效果相当。

合欢花酒

红楼 | 梦起

第三十八回　林潇湘魁夺菊花诗　薛蘅芜讽和螃蟹咏

（贾母在亭中摆下螃蟹宴。）黛玉放下钓竿，走至座间，拿起那乌银梅花自斟壶来，拣了一个小小的海棠冻石蕉叶杯。丫鬟看见，知他要饮酒，忙着走上来斟。黛玉道："你们只管吃去，让我自斟，这才有趣儿。"说着便斟了半盏，看时却是黄酒，因说道："我吃了一点子螃蟹，觉得心口微微的疼，须得热热的喝口烧酒。"宝玉忙道："有烧酒。"便令将那合欢花浸的酒烫一壶来。黛玉也只吃了一口便放下了。

红楼 | 梦中

第三十八回记载了宝玉为黛玉取合欢花酒一事。因得史湘云请贾母赏桂花做宴会，于是贾府中的各色小姐、太太、哥儿就借此机会一起聚了一聚。贾母高兴，在亭子里摆下了螃蟹宴，大家一起边赏花，边吃蟹，聊着闲话，饮酒助兴。这一"家庭聚会"，既显示了贾府作为高门大户的繁盛富贵，也让人看到了贾家生活的美好与温馨。再看黛玉，因其身体孱弱，"病如西子胜三分"，平素是不太喝酒的，饮食方面也最为注意，但为何此时"吃了一点子螃蟹"，就须得喝热烧酒呢？又是为何宝玉单要给黛玉饮那

"合欢花浸的酒"呢?

从中医食养的角度来看,饮食不能偏颇,要寒热平衡。螃蟹属于寒凉之物,本就不适合黛玉这种身子骨,即使只吃了"一点子",却还是感觉到了"心口微微的疼"。此时饮下"烫好的烧酒"这般大热之物,正是对路。酒的热性恰好可以中和蟹的凉性,对于身体虚弱的黛玉来讲,两者相辅相成,相得益彰。此外,合欢花本身有疏肝理气、安神活络的功效,烧酒中浸合欢花,即有了舒郁解忧之效。黛玉的咳疾多因情志不畅所致,由此可见,合欢花酒之于黛玉,是再合适不过的了。

在《石头记》庚辰本中,本回有一段脂批:"伤哉,作者犹记矮䫆舫前以合欢花酿酒乎,屈指二十年矣!"回首看来,合欢花酒是回眸过往时的一声叹息,是逝去不再回的花样年华。点滴小事勾起的美好回忆往往是心头一棒。从评语的反应也能看出,文中宝玉为黛玉要拿合欢花浸的酒,是闲适的大户人家生活中的那份平静与美好,也是宝玉为黛玉花的一份心思。

红楼|梦宴

《红楼梦大辞典》载:

> "江南人则称之为马缨花,以其花形象马首之丝缨。"

《中华古今注》载:

> "欲蠲人忿,则赠之以青裳。青裳,合欢也。"

虽然合欢因叶片得了这一名字,但是其药用部位却是合欢花与合欢皮。合欢是常见的中药材,有安五脏、和心志、舒郁解忧等疗效。中医学认为合欢性平，味甘，入心经。《本草经集注》载合欢花：

　　"主安五脏，和心志，令人欢乐无忧。久服轻身，明目，得所欲。"

《中国药典》（2020 年版）载合欢花：

　　"解郁安神。用于心神不安，忧郁失眠。"

　　食物有寒、热、温、凉、平五种性质。如食大寒之物，则易导致寒邪凝滞，出现冷痛；食大热之物，则又会积热化火，容易上火。因此平时最好多吃性温、平和的食物。螃蟹为寒凉之品，酒性大热，烫过烧酒更是祛风散寒，中和螃蟹的寒气。合欢花一味凭借酒为引，更可增强其安心志、助睡眠之功效。

　　现在人们吃螃蟹，有了其他更多种的酒来配，自然是少有人再饮这合欢酒了。生活中为了中和螃蟹的寒凉之性，食用时可以佐以白酒来暖胃御寒。此外还可以饮黄酒，黄酒配螃蟹，这种吃法也由来已久。而在西方，吃海鲜时配的一般是白葡萄酒。与红葡萄酒相比，白葡萄酒清爽的口味也更能衬托出蟹的鲜美。

　　相较于合欢花，合欢皮药用更为常见。合欢皮主要用于情志所伤的忿怒忧郁、虚烦不安、健忘失眠等症，也可用于跌打骨折及痈肿、内痈等。

红楼 | 匠心

食材准备：

合欢花 50 克，烧酒 500 克。

制作步骤：

将合欢花浸入烧酒浸泡 20 天左右，即可开封饮用。

小贴士

● 合欢花非药食同源食品，如果想要制作本酒，需要到药店采购备品，一般情况下的日用量在 5～10 克。也可用大曲酒浸制。

屠苏酒

红楼 | 梦起

第五十三回　宁国府除夕祭宗祠 荣国府元宵开夜宴

（元宵佳节）贾母归了坐，老嬷嬷来回："老太太们来行礼。"贾母忙又起身要迎，只见两三个老妯娌已进来了。大家挽手，笑了一回，让了一回。吃茶去后，贾母只送至内仪门便回来，归正坐。

贾敬贾赦等领诸子弟进来。贾母笑道："一年价难为你们，不行礼罢。"一面说着，一面男一起，女一起，一起一起俱行过了礼。左右两旁设下交椅，然后又按长幼挨次归坐受礼。两府男妇小厮丫鬟亦按差役上中下行礼毕，散押岁钱、荷包、金银锞，摆上合欢宴来。男东女西归坐，献屠苏酒、合欢汤、吉祥果、如意糕毕，贾母起身进内间更衣，众人方各散出。

红楼 | 梦中

作为富贵显赫的高门大户，贾府生活之奢华可从书中的各个方面体现出来，其中之一即为贾家的各种家庭聚会：每个月都有人过生日，便有生日宴；一年各种大小年节的庆祝，便有节日宴；各种祭祀定例也要一家老小同聚祈福。甚至有头有脸的奴仆家里有了喜事，也要大摆筵席，气派程度竟和府上的主子相差无几。曹雪芹洋洋洒洒，对各个聚会的描写都是细致入微，情节不一，丝毫不吝惜笔墨。每个细节都体现出了贾府宴会的极致奢华，令读者从描写中感受到扑面而来的那份大家气派与家族积淀。本回描写的是贾府于元宵佳节举办的合欢宴，算得上是家里的大宴了。夕阳黄昏，全家团聚，辞岁迎新，过年守岁。男东女西归坐，品尝一件件佳肴点心，这既包含了人们对新年的美好期待与祝福，又体现出贾府的家规、礼数定例皆有讲究气派，让这个团圆之夜过得温馨满满，贵气逼人。

　　"屠苏"一名的由来有四种说法：一说为草名，王褒诗"绣桷画屠苏"，说的就是这种草；二说作屋名，此屋房上画有屠苏草，故名其屋曰屠苏，杜甫诗"走置锦屠苏"即指这种屋子；三说为酒名，古人居屠苏屋以酿酒，又作"酴酥"，初一饮之，可避不正之气；四说指一种屠苏酒的药方，具有益气温阳、祛风散寒、避除疫疠之邪的功效。

　　屠苏酒，据传由汉末名医华佗所创制，配方有乌头、附子、大黄、白术、桂枝、防风、花椒、乌头等中药，入酒中浸制而成。东汉张仲景、唐代孙思邈和明代李时珍等诸多名家也推崇屠苏酒。相传，孙思邈每年腊月总是要分送给众邻里乡亲一包药，告诉大家以药泡酒，除夕进饮，可以预防瘟疫。孙思邈还将自己的屋子起名为"屠苏屋"。到了宋代，过年饮屠苏酒已然成为一种约定俗成的习惯。苏轼在《除夜野宿常州城外》一诗中说："但把穷愁博长健，不辞醉后饮屠苏。"苏辙的《除日》中也有"年年最后饮屠苏，不觉年来七十余"的诗句。

红楼｜梦宴

　　酿造屠苏酒所需药材繁多，其中主要的还是散寒解表、祛风除湿之药。《保生秘要》云：

　　"……宜烧苍术香，清晨饮屠苏酒、马齿苋，以祛一年不正之气。"

孙思邈《备急千金要方》言屠苏酒：

"饮屠苏，岁旦辟疫气，令人不染瘟疫病及伤寒。"

这些都强调了屠苏酒有辟瘟疫邪气的作用。确实，屠苏酒自创造之日起，便因益气温阳、祛风散寒、避除疫疠之邪的功效而闻名，也因此被人们搬上了除夕的酒桌。屠苏酒驱避邪气的作用也被人们延伸成为驱害辟邪，来年一切顺利，身体健康的美好寓意。屠苏酒作为传统习俗中的重要饮品，也传到了海外，至今仍被日本作为传统酒。

在现代生活中，因其是药酒具有一定的毒性，所以过年喝屠苏酒的习俗已经逐渐从我们的生活中淡去了，屠苏酒也很少出现在日常生活中，不过"欲饮屠苏祈平安"的美好愿望却一直在我们心中留存。

红楼 | 匠心

（古）做法

"用赤术、桂心各七钱五分，防风一两，菝葜五钱，蜀椒、桔梗、大黄各五钱七分，乌头二钱五分，赤小豆十四枚，以三角降囊盛之，除夜悬井底，元旦取出置酒中，煎数沸。举家东向，从少至长，次第饮之。药滓还投井中，岁饮此水，一世无病。"

——明·李时珍《本草纲目》

食材准备：

麻黄 50 克，川花椒 50 克，细辛 50 克，防风 50 克，苍术 50 克，干姜 50 克，肉桂 50 克，桔梗 50 克。

制作步骤：

将所有药物装入纱布袋内，扎紧口，盛入酒坛内。

随后注入白酒5000克，盖紧，每日搅拌一次，浸泡5天。

小贴士

- 屠苏酒虽好，可不能贪杯。因为屠苏酒是药酒，虽然对身体有保健功效，但过多地饮用对身体还是会产生不良反应，所以在饮用时一定注意用量，建议咨询过医生之后再饮用。自行服用的话，用量应控制在一次最多20毫升，切记不可多饮。容易上火、体质偏热、患有心脑血管疾病以及糖尿病人群不宜饮此酒。

- 如若饮用，建议购买厂家生产的成品。现代技术的处理可以减轻屠苏酒中部分药物毒性。

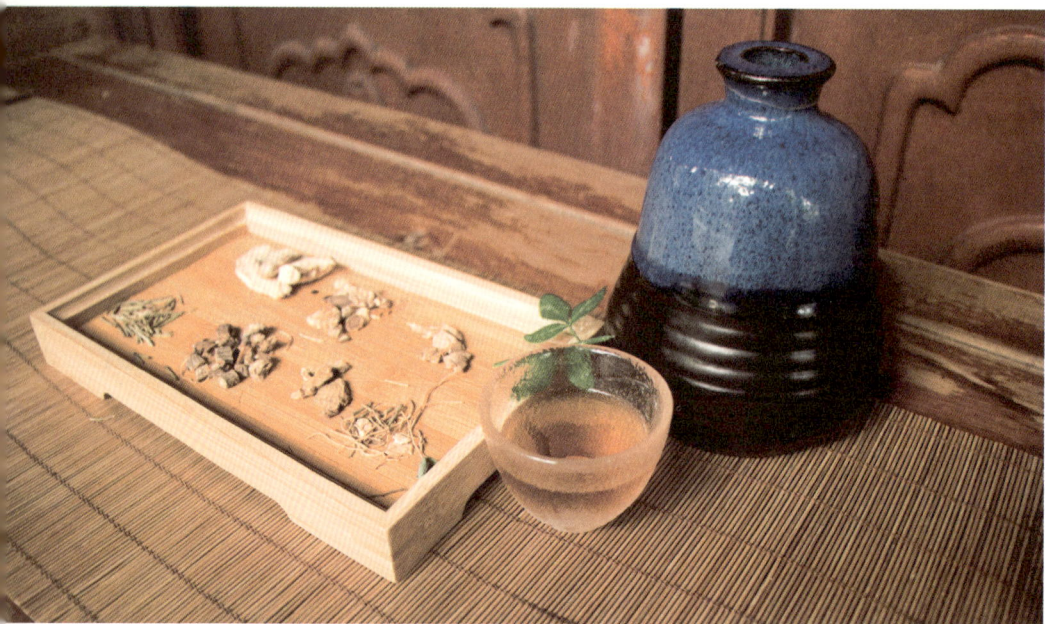

杏仁茶

红楼|梦起

第五十四回　史太君破陈腐旧套　王熙凤效戏彩斑衣

（见红枣粳米粥）

红楼|梦中

元宵佳节之夜，贾府大摆筵席，全家团圆，一家老小赏灯玩乐。至深夜贾母觉得有些饿，便想吃些夜宵。贾母本身年岁已高，王熙凤因此向贾母提了一些她觉得比较适合老人的吃食，比如前文所提的"鸭子肉粥""枣儿熬的粳米粥"等等，但是贾母仍嫌太腻。之后王熙凤又说了一道"杏仁茶"，这才得贾母点头。

杏仁茶原本为宫廷之中的一味美食，制作工艺十分精良，其中除了杏仁主料外，还要加入枸杞子、桂花等十余味辅料调制而成，味道较为甜腻。后来，杏仁茶经过简化逐渐成为一味普通的京味小吃，清晨小贩就会挑着担子进行售卖，一边是杏仁茶，一边是豆腐脑。而简化后的杏仁茶则因为其清甜的味道俘获了大众的芳心。

杏仁茶能从贾府的山珍海味中脱颖而出，获得贾母的青睐，也是因为其自本身味道清甜爽口，滑而不腻。此外，杏仁茶本身也是润肺润肠、益气明目之膳，可以促进老年人的消化，对身体也有着相当的补益作用。对于贾母来讲，此时喝上一碗杏仁茶既有充饥之效，又有保健之功。

据古籍记载，杏仁对于美容养颜有十分特别的功效，它可以促进血液循环，延缓肌肤衰老，减少色素沉淀，使肌肤富有光泽等等。所以上到皇家妃嫔，下到黎民百姓，都钟爱这一碗杏仁茶。

红楼|梦宴

杏仁茶，又称杏酪，虽有茶名，却无茶实。它并非是冲泡的茶水，而是由杏仁、米、白糖等调制而成，更像是一盅甜品。成书于北魏末年的《齐民要术》就记载了"杏酪粥"的做法。到了清代，杏仁美食就更加多了。《醒园录》记载："……杏仁泡水，与上白米对配磨浆，坠水加糖炖熟，作茶吃之，甚为润肺。"《调鼎集》中也介绍了"冰杏茶"的做法："冰精、杏仁研碎，滚水冲细茶。"《食治养老方》中也有"杏仁饮"的介绍，做法与杏仁茶相同。

杏仁茶，从宫廷御用的滋养佳品，到风味独特的小吃，一步步贴近大众的生活。直到今天，杏仁茶还是一道深受大众喜爱的日常甜品。杏仁粉搭配樱桃、芝麻、花生、桂花、玫瑰、枸杞子、葡萄干等佐料，通常用龙凤铜制大壶烧制的沸水进行冲泡。那种过程，本身就是一种美的享受。冲制好的杏仁茶，色泽艳丽，香味浓郁，来上一碗也是相当惬意的。

杏仁茶所用一般为甜杏仁，味辛、甘，性温，可补气、止咳、润肠。《神农本草经》载其为：

"杏核仁，味甘，温。主咳逆上气，雷鸣，喉痹，下气，产乳，金疮，寒心，贲豚。"

粳米，性平，益气、止烦；白糖润肺、生津、助脾气、缓肝气。如此，此品有润肺、消食之效，非常适合老年人食用，可以消食化气。

杏仁茶香甜可口，暖胃生津，非常适合在繁忙的一天后享用一碗，放松心情，犒劳自己。

红楼|匠心

食材准备：

甜杏仁 200 克，糯米粉 100 克，冰糖适量。

制作步骤：

甜杏仁温水浸泡约 4 小时，泡好后放入石臼中捣碎。

将捣碎后的杏仁放在纱布上，加适量清水进行过滤，形成杏仁汁。

在锅中加入杏仁汁和糯米粉，小火煮沸后，加入适量冰糖，继续熬煮至汤汁浓稠即可关火，出锅。

小贴士

- 若在开锅前注入适量鲜牛奶，会有奶油香味，更加可口。
- 请尤其注意所用杏仁的种类，制杏仁茶须用甜杏仁，因为苦杏仁有小毒，切勿弄错。

茯苓霜

第六十回　茉莉粉替去蔷薇硝　玫瑰露引来茯苓霜

（柳家的嫂子）他嫂子因向抽屉内取了一个纸包出来，拿在手内送了柳家的出来，至墙角边递与柳家的，又笑道："这是你哥哥昨儿在门上该班儿，谁知这五日一班，竟偏冷淡，一个外财没发。只有昨儿有粤东的官儿来拜，送了上头两小篓子茯苓霜。馀外给了门上人一篓作门礼，你哥哥分了这些。这地方千年松柏最多，所以单取了这茯苓的精液和了药，不知怎么弄出这怪俊的白霜儿来。说第一用人乳和着，每日早起吃一钟，最补人的；第二用牛奶子；万不得，滚白水也好。我们想着，正宜外甥女儿吃。"

柳五儿是厨役柳嫂子之女，十六岁，书中形容她相貌与平儿、鸳鸯、袭人等不相伯仲，但由于"素有弱疾"，生得一副弱质纤纤的女孩模样。

也正是由于她的"素有弱疾"，才发生了"玫瑰露引来茯苓霜"事件，展现出大观园中奴婢丫鬟之间的你争我夺。柳五儿得芳官所赠玫瑰露，舅舅所送茯苓霜，而此时王夫人屋中玫瑰露正好丢失，引得贾府管家林之孝家里的对五儿产生了怀疑，以其手中玫瑰露、茯苓霜为赃，认定其为贼。

五儿因此受冤枉被监禁起来，其母也因此事被剥去贾府厨房负责人的职务。最后，幸好平儿出面，将事情调查清楚，及时给柳氏及五儿昭雪平反，一场风波才得以结束。后来五儿因此事受惊一病不起，不久便亡故了。

茯苓霜是柳五儿舅舅得来给她补身体的。当时广东官员到荣国府所带的三篓茯苓霜，是给贾政送礼用的。贾政是皇帝恩赐的工部员外郎，负责朝廷的工程，是个肥差。外地的官员想揽一些工程干，就要送礼孝敬贾政。茯苓霜在当时是一种稀罕东西，所以广东官员就带了三篓到贾府。而五儿舅舅恰好是荣国府的门官，所以他得到一大包茯苓霜，他媳妇分出一小包给了五儿，还提到用人乳、牛奶或者直接滚水冲饮茯苓霜大补，而柳五儿身体虚弱，正好可以享用。

茯苓霜是滋补佳品。这种白色的茯苓粉末色如白霜，质地细腻，因而得名"茯苓霜"。书中说它是"怪俊的白霜儿"，真是栩栩如生。

茯苓霜，顾名思义，主料是茯苓。茯苓归心、肺、脾、肾经，早在《神农本草经》中就有记载：

> "茯苓，味甘，平。主胸胁逆气，忧恚，惊邪恐悸，心下结痛，寒热烦满，咳逆，口焦舌干，利小便。久服安魂养神，不饥延年。"

茯苓具有养心安神、健脾补气、调理痰湿、补中健胃、美白润肤、利尿等功效，主治小便不利、水肿胀满、痰饮咳逆等。而贾母年近八旬依然鹤发童颜，与其长期服用茯苓也是大有关系的。这既是因为它有滋补和健脾的功能，更是因为它有十分显著的美容作用。茯苓能使皮肤白皙、细腻。但老年肾虚、小便过多、尿频遗精者，以及阴虚火旺、口干咽燥者应慎用。

茯苓又分赤茯苓和白茯苓，二者功效相似。但白茯苓偏补，补益心脾效果更佳；赤茯苓偏利，利水祛湿效果更甚。此处所讲偏于补益，因此使用的应是白茯苓。

　　用牛奶或开水将茯苓霜冲开搅拌调匀，每天早上吃上一盅，十分滋补。现代改良的膳食"牛奶茯苓霜"制作并不复杂，且牛奶香味浓郁、顺滑细腻，每天吃一碗，既饱口福，又有美容养生之效。

红楼|匠心

食材准备：

白茯苓 100 克，鲜牛奶 60 毫升，蜂蜜 5 ～ 10 克。

制作步骤：

首先将白茯苓掰成小块儿，放进水里浸泡 2 小时。

将一块干净的纱布铺在笼屉上，将浸好的白茯苓放在纱布上，中火蒸约 40 分钟。

之后把蒸好的茯苓取出放入搅拌机，再把牛奶倒进去，开始搅拌，直至看不到明显的颗粒。

最后将其倒入砂锅，大火烧开，稍凉后加入适量的蜂蜜，封存。

> ## 小贴士
>
> ● 食用时用牛奶或滚开水将茯苓霜冲化、调匀，可每日吃上一盅（约 20 克）。
>
> ● 茯苓霜一般适合在阴凉、干燥、避光处存放，要长期保存的话最好密封。

四时食序

自然界一年有"春夏秋冬"四时轮转，"春生，夏长，秋收，冬藏"是古人通过长久观察所得到的自然界万物生长之规律。人类作为自然界中的一部分，身体内部各项生理功能依旧符合此规律。春夏归暖，阳气生发宣泄，故当养阳；秋冬寒胜，气血收涩内敛，故以滋阴为重。中医依此总结出"春夏养阳，秋冬养阴"的食疗原则。

春季冰消雪融，万物复苏。《遵生八笺》中对春的描述即为"春三月，此为发陈，天地俱生，万物俱荣……食味宜减酸益甘，以养脾气"。人体亦处于一个"回暖"的状态，阳气回升，肝气偏亢。故而春季饮食应顺应阳气生发的特点，疏肝养气，温肾补脾，注意减酸益甘，补充津液，切忌食用坚硬生冷之物。

夏季最为炎热，草木繁茂，万物生长。《遵生八笺》描述："夏三月属火，主于长养……当下饮食之味，宜减苦增辛以养肺。"此时也是人体新陈代谢最为旺盛的时节，体内各脏腑都处于活跃状态，但夏季暑湿旺盛，暑邪易潜伏体内，损伤津液。故饮食方面应多食清淡之物，注意补气养阴，清热祛暑湿，减少阳气损伤，忌食生冷、油腻、辛辣之物。

秋季转凉，植物开始收获结果，自然界的阴阳平衡也进入"阳消阴长"的状态。《遵生八笺》记载："当秋之时，饮食之味宜减辛增酸以养肝气。"人体神气顺应时节也进入到收敛状态，而秋季燥邪为盛，滋阴养肺便成为首要任务。饮食方面要注意少辛增酸，甘平为主，从而清肝润肺，滋养阴液，切忌食用大补之物，造成脾胃负担过重。

冬季肃冷寒凉，万物皆封藏。《遵生八笺》记载："冬三月……饮食之味，宜减咸增苦，以养心气。"人体内的阳气此时也藏于体内，阴气较于阳气更为旺盛，因此护阴是食疗养生中的重中之重。而冬季寒邪易于侵袭人体，饮食更应偏重于温补，驱散寒邪，敛阴补阳，切忌食用生冷黏腻之物。

下面以时节为序，为大家介绍本书中所涉及的食材。

春

枸杞芽： 味苦、甘，性凉；归肝、脾、肾经；具有补虚益精、清热明目的功效；主要用于虚劳发热、烦渴、目赤昏痛、障翳夜盲、崩漏带下、热毒疮肿等；与奶酪相恶，食用时切忌同时食用。

陈皮： 味苦、辛，性温；归肺、脾经；主要功效为理气健脾、燥湿化痰；主要用于胸脘胀满、食少吐泻、咳嗽痰多等。

玫瑰花： 味甘、微苦，性温；归肝、脾经；主要功效为行气解郁、和血、止痛；主要用于肝胃气痛、食少呕恶、月经不调、跌扑伤痛等；阴虚火旺者慎服。

山药： 味甘，性平；归肺、脾、肾经；主要功效为健脾、补肺、固肾、益精；主要用于脾虚泄泻、久痢、虚劳咳嗽、消渴、遗精、带下、小便频数；有实邪者忌服。

桂花： 味辛，性温；归肺、脾、肾经；主要功效为温肺化饮、散寒止痛；主要用于痰饮咳喘、脘腹冷痛、肠风血痢、经闭痛经、寒疝腹痛、牙痛、口臭等。

夏

乌梅： 味酸、涩，性平；归肝、脾、肺、大肠经；主要功效为敛肺、涩肠、生津、安蛔；用于安蛔驱虫，治疗久咳、虚热烦渴、久疟、久泻、痢疾、便血、尿血、血崩、蛔厥腹痛呕吐、钩虫病、牛皮癣、胬肉等；有实邪者，齿痛及病当发散者忌之。

莲子：味甘、涩，性平；归脾、肾、心经；主要功效为补脾止泻、益肾涩精、养心安神；主治夜寐多梦、遗精、淋浊、久痢、虚泻、妇人崩漏带下等；中满痞胀、大便燥结者，以及孕妇新产后忌服。

莲蓬：味苦、涩，性温；归肝经；主要功效为化瘀止血祛湿；主治血崩、月经过多、胎漏下血、瘀血腹痛、产后胎衣不下、血痢、血淋、痔疮脱肛、皮肤湿疮。

糯米：味甘，性温；归脾、胃、肺经；主要功效为补中益气、健脾止泻、缩尿、敛汗、解毒；主治脾胃虚寒泄泻、霍乱吐逆、消渴尿多、自汗、痘疮、痔疮；适用于神经衰弱、病后、产后、体虚自汗、盗汗、多汗、血虚头晕眼花、脾虚腹泻之人；因其性黏滞，难以消化，故糖尿病患者不宜食用，湿热痰火及脾滞者禁服，小儿不宜多食。

茄子：味甘，性凉；归脾、胃、大肠经；主要功效为清热、活血、止痛、消肿；主治肠风下血、热毒疮痈、皮肤溃疡；适用于风邪入于肠胃引起的便血、尿血，热毒引起的疮肿、咽喉肿痛等；动气，不可以多吃，否则可能会累积形成慢性疾病，尤其体寒之人更要少食。

秋

燕窝：味甘，性平；入肺、胃、肾经；主要功效为养阴润燥、益气补中；主治虚损、痨瘵、咳嗽痰喘、咯血、吐血、久痢、久疟、噎膈反胃等；肺胃虚寒、湿痰停滞及有表邪者忌用。

甜杏仁：性平，味甘，无毒；入肺、大肠经；主要功效为润肺平喘；主治虚劳咳嗽、肠燥便秘；有滋润性，内服具轻泻作用，因此脾虚肠滑者不宜食。

桂圆：性温，味甘；归心、脾经；主要功效为开胃、养血益脾、补心安神、补虚长智；主治贫血、失眠、神经衰弱、气血不足、产后体虚、营养不良、记忆力下降等；阴虚火旺、糖尿病、风寒感冒、月经多者慎用。

雪梨：味甘、微酸，性凉；入肺、胃经；主要功效为生津、润燥、清热、化痰；主治热病津伤烦渴、消渴、热咳、痰热惊狂、噎膈、便秘；主要用于咳嗽痰黄难咯、热病口渴、大便干结、饮酒过度等症；脾虚便溏及寒嗽者忌服。

冬

鹅肉：味甘，性平；归脾、肺、肝经；主要功效为益气补虚、和胃止渴；主治虚赢、消渴；湿热内蕴者禁食。

羊肉：味甘，性温，无毒；入脾、肾经；主要功效为温中健脾、补肾壮阳、益气养血；主治脾胃虚寒、食少反胃、泻痢、肾阳不足、气血亏虚、虚劳赢瘦、腰膝酸软、阳痿、寒疝、产后虚赢少气、缺乳等症；暑热天或发热患者慎食之，水肿、骨蒸、疟疾、外感、牙痛及一切热性病者禁食，此外红酒和羊肉是禁忌，一起食用后会产生化学反应。

栗子：味甘，性平；入脾、胃、肾经；主要功效为益气健脾、补肾强筋、活血止血；主治脾虚泄泻、反胃呕吐、脚膝酸软、跌打肿痛、瘰疬、吐血、衄血、便血等；食积停滞、脘腹胀满、痞闷者禁服。

松子仁：味甘，性温；入肝、肺、大肠经；主要功效为润肺、滑肠；主要用于肺燥咳嗽、慢性便秘等症。

粳米：味甘，性平；归脾、胃经；主要功效为补中益气、健脾和胃、除烦渴、止泻痢；适用于一切体虚之人、高热之人、久病初愈、妇女产后、老年人、婴幼儿消化力减弱者。

鸭肉：味甘、咸，性凉、微寒；专入脾、胃经，兼入肺、肾经；主要功效为滋阴补血、益气利水消肿；主治阴虚水肿、病后体弱、食欲不振、脾虚水肿、久疟、脱肛、热毒疮疖等症；外感未清，脾虚便溏，肠风下血者禁食。

四时皆宜

此外，有一些清淡滋补之品，性味甘平温和，对于身体脏器轻微滋补，且不会造成损伤，因而四季皆可食用，对于时令要求较低，本书中的大枣、茯苓、藕粉、牛奶、枸杞子便归于此类。

大枣：味甘，性平；归脾、胃经；主要功效为补脾和胃、养血益气生津、缓和药性；主治胃虚食少、脾弱便溏、气血津液不足、营卫不和、心悸怔忡、妇人脏躁等；凡有湿痰、积滞、齿病、虫病者，均不适用。

茯苓：味甘、淡，性平；归心、肺、脾、肾经；主要功效为渗湿利水、益脾和胃、宁心安神；主治小便不利、水肿胀满、痰饮咳逆、呕哕、泄泻、遗精、淋浊、惊悸、健忘等；虚寒精滑或气虚下陷者忌服。

藕粉：味甘、咸，性平；主要功效为益血、止血、调中、开胃；主治虚损失血、泻痢食少等。

牛奶：味甘，性微寒；归心、肺、胃经；主要功效为补虚羸、益肺胃，用于大病后气虚、百病虚劳，生津液、润大肠用于消渴及血枯燥结之便秘，伍蜂蜜用；主治体质虚弱、气血不足、营养不良，患有食管癌、糖尿病、高血压、冠心病、动脉硬化、高血脂、干燥综合征者适宜饮用；脾虚泄泻及痰湿重者忌用。

枸杞子：味甘，性平；入肝、肾经；主要功效为润肺、滋补肝肾、益精明目；主治虚劳精亏、腰膝酸痛、眩晕耳鸣、内热消渴、血虚萎黄、目昏不明等；外感实热、脾虚泄泻者慎服。

根据时节气候的变化，参照上述食材对自家菜谱进行更换，有益于调养身心，保持健康的体魄。但在食物的选择上，还要结合自身体质和地域因素。俗语"冬吃萝卜夏吃姜"就是一个很好的例子。冬日天气寒冷，长期在温暖的室内会使我们体内阳气过旺，从而产生热盛烦躁的情况，此时食用偏凉性的萝卜，就可以很好地帮助我们疏导体内过于旺盛的阳气，清除体内火热；"夏吃姜"的道理亦是如此。所以"因时施膳"是我们饮食选择的基础标准，在此基础之上，"因人施膳""因地施膳"也是必不可少的。综合好三者的关系，我们才能真正做到"以膳养身"。

1. 苗德根.《黄帝内经·素问》大字诵读版［M］.北京：中国中医药出版社，2017.

2.（清）顾仲.养小录［M］.沈阳：万卷出版公司，2016.

3.（清）黄元御.玉楸药解［M］.北京：中国医药科技出版社，2016.

4.（宋）葛洪.肘后备急方［M］.北京：北京科学技术出版社，2015.

5.（明）李中梓.本草通玄［M］.北京：中国中医药出版社，2015.

6.（清）袁枚.随园食单［M］.成都：成都时代出版社，2014.

7.（宋）林洪.山家清供［M］.北京：中华书局，2013.

8.（南北朝）陶弘景.名医别录［M］.北京：中国中医药出版社，2013.

9.（清）张璐.本经逢原［M］.北京：中国医药科技出版社，2011.

10.（清）陈士铎.本草新编［M］.太原：山西科学技术出版社，2010.

11.（清）曹雪芹.红楼梦［M］.北京：人民文学出版社，2008.

12.（明）张介宾.景岳全书［M］.北京：人民卫生出版社，2007.

13.（汉）张仲景.金匮要略［M］.北京：学苑出版社，2007.

14.（明）高濂.遵生八笺［M］.北京：人民卫生出版社，2007.

15.（清）汪昂.医方集解［M］.北京：人民卫生出版社，2006.

16.（明）倪朱谟.本草汇言［M］.北京：中医古籍出版社，2005.

17.（明）兰茂.滇南本草［M］.昆明：云南科学技术出版社，2004.

18.（明）李时珍.本草纲目［M］.北京：人民卫生出版社，2004.

19.（清）赵学敏.本草纲目拾遗［M］.北京：中国中医药出版社，1998.

20.（五代）李珣.海药本草［M］.北京：人民卫生出版社，1997.

21.（清）王士雄.随息居饮食谱［M］.北京：人民卫生出版社，1987.

22.（清）董岳荐.调鼎集［M］.北京：中国商业出版社，1986.

23.（元）忽思慧.千金食治［M］.北京：中国商业出版社，1985.

24.（清）李化楠，侯汉初.醒园录［M］.北京：中国商业出版社，1984.

25.（唐）孙思邈.备急千金要方［M］.北京：人民卫生出版社，1982.

26.（清）汪绂.医林纂要探源［M］.上海：上海大学出版社，2018.

27.（清）何克谏.生草药性备要［M］.广州：广东科学技术出版社，2018.

28.常敏毅.日华子本草辑注［M］.北京：中国医药科技出版社，2015.

29.董泽宏.饮食精粹新编（卷一）·春卷［M］.北京：中国协和医科大学出版社，2019.

30.董泽宏.饮食精粹新编（卷四）·冬卷［M］.北京：中国协和医科大学出版社，2019.

31.段振离.红楼说茶［M］.上海：上海交通大学出版社，2011.

32.秦一民.红楼梦饮食谱［M］.济南：山东画报出版社，2003.

33.国家药典委员会.中华人民共和国药典二部［M］.北京：中国医药科技出版社，2020.

34.卫生报馆编辑部.中药大辞典［M］.上海：上海交通大学出版社，2018.

35.彭铭泉.中国药膳大全［M］.成都：四川科学技术出版社，1994.

36.冯其庸.红楼梦大辞典［M］.北京：文化艺术出版社，1990.

37.《全国中草药汇编》编写组.全国中草药汇编［M］.北京：人民卫生出版社，1978.

38.周利成.中国传统节日驱疫民俗［J］.中国档案，2020（2）：84-85.

39.彭海容.梦回红楼，美食大观园 汤羹篇（上）［J］.中国食品，2014,4（13）：66-71.

40.靳建平.不可错过的一道红楼美食鸭子肉粥［J］.肉类工业，2012（3）：55.

41. 诺尚 . 饕餮红楼养生系列 美味茄鲞 [J] . 健康生活（下半月），2009（2）：19.

42. 若缺 . 饕餮红楼养生系列 牛乳蒸羊羔 [J] . 健康生活（下半月），2009（10）：21.

43. 艾克 . 油盐炒枸杞芽儿 [J] . 健康生活（下半月），2009（4）：20.

44. 小刚 . 胭脂鹅脯 [J] . 健康生活（下半月），2009（3）：20.

45. 郭振东 . 乌梅各膳祛病功高 [J] . 绿化与生活，2003（6）：24.

后　记

　　2019年至今，两年多时间，数易其稿，终成此书。满怀感恩之心，愿为大家奉上这一场美味飨宴。

　　抛开红楼宴的"奢华"，本书所选之膳食更加"接地气"。二十六道饮膳凝结了编者们对美食、对中医养生的无限热爱。

　　写作中虽查阅了大量古今文献资料，并得到中医养生专家的指点，然囿于个人水平，难免有疏漏或不妥之处，谨望海涵，亦望批评指正！

　　本书在编纂过程中，有幸得到多家单位的支持和帮助，在此表示由衷感谢！

　　感谢北京中医药大学提供科研基金资助本项目！该书是中央高校基本科研业务费专项资金资助－北京中医药大学2020年度重点攻关项目（2020-JYB-ZDGG-089）、北京中医药大学校级大学生创新创业训练项目（202010026151）研究成果。

　　感谢北京曹雪芹学会及有关专家、学者对红楼养生膳食的关心和指导！

　　感谢北京植物园卧佛山庄协助制作书中美食！

　　感谢北京植物园得大茶舍协助本书图片的拍摄！

　　感谢暨南大学本草博物教育基金对本书的宣传推广！

感谢北京御心轻膳坊商贸有限公司对美食制作以及对红楼宴京味儿文化开发的赞助！

感谢中国中医药出版社对本书的悉心策划！

编　者

2022 年 8 月